U0934715

脑电波灯塔

童蔚诗选

2011～2015
Poems by Wei Tong

童蔚◎著

長江出版傳媒
长江文艺出版社

图书在版编目（C I P）数据

脑电波灯塔：童蔚诗选：2011-2015 / 童蔚著. --
武汉：长江文艺出版社，2016.12
ISBN 978-7-5354-9195-4

Ⅰ. ①脑… Ⅱ. ①童… Ⅲ. ①诗集－中国－当代
Ⅳ. ①I227

中国版本图书馆 CIP 数据核字(2016)第 255282 号

责任编辑：胡　璇　沉　河　　　　责任校对：陈　琪
封面设计：崔　欣　　　　　　　　责任印制：左　怡　胡丽平
封面摄影：魏　翔

出版：长江出版传媒　长江文艺出版社
地址：武汉市雄楚大街 268 号　　　邮编：430070
发行：长江文艺出版社
电话：027—87679360
http://www.cjlap.com
印刷：武汉市福成启铭彩色包装印刷有限公司

开本：880 毫米×1230 毫米　1/32　印张：11.625　插页：2 页
版次：2016 年 12 月第 1 版　2016 年 12 月第 1 次印刷
行数：7928 行

定价：39.00 元

脑电波灯塔

TONG WEI´S POEMS

目录

2011：隐者的伪装

2012：寻访影子

2013：蜜蜂消息

2014：沉默的女萨满

2015：我父亲的祖先

逐月（组诗）

序

——读童蔚的《脑电波灯塔》

高小刚

你知道谁属于词汇
属于你的那条路
属于背井离乡的草地
属于一个漂泊的人，魂儿，游历四处
你在山里将暮色凝视，
那些垂杨像马尾摇曳

2014 年，童蔚在一首叫《在山中》的长诗中这样提到了词汇和我们。像她的很多其他诗作一样，童蔚喜欢谈论我们和词语的关系，探究词语如何记录一个人的生命，人又如何在词语中对生命进行体验。她对二者的关系在诗里进行了多方叩问和揣摩。使用的形象跳跃，色彩斑驳陆离。

我和童蔚一起在清华园里长大，又一起经历了插队的岁月。长大后天各一方。多年后读她的诗，我眼前总不由浮现她写诗时沉静执着的样子：很可能是在一个春天的晚上，在安顿好母亲和家务后，她在书房堆满书籍和画作的桌前，然后腾出一张稿纸的空间，然后是一杯热茶，然后将目光投向窗外，她的思想开始独步在深夜的词藻里……

童蔚写诗很高产。不知不觉，《嗜梦者的制裁》之后又拿出了厚厚的一本。

好像早已经不是谈论诗歌的时代了。现在的人们哪里有这样的时间和闲情？当媒体和视频成为话语垄断的载体，文化品位早已成为和商业成功并行的话题。我们身边的很多东西都在膨胀，包括语言。它像海潮般传播和生长，嘈杂喧嚣，让人充实也让人晕眩。在精准、庄严和娱乐的外衣下汹涌而来，又迅速退下，转瞬成为失去弹性和光泽的泡沫。这一切，其实都和诗歌全无关系。因为，语言一旦成为标准化的消费和参与公共空间的共享资源，无论它带有所谓怎样的“诗意”和精致，都会沦为思想和想象的坚硬外壳，筑起解读和思索人生的道道壁垒。

读童蔚的诗，觉得她用词语，给我们开启了一扇不大，但通向诗意和生活的新鲜之门，让人真切感到语言生命之所在。翻阅这本诗集，我留意到，她从来不在自己的诗作中刻意探讨社会和政治的大话题，也不把公众事件、社会新闻作为自己构思和想象的触发。她习惯在嘈杂的闹市中，沉入属于自己的一方孤独，放手让语言同我们的生活经验进行校量和互动。暗下来的斗室，看戏中的发现，素描、城市街道、生男育女和中草药的疗效等，都成为她诗歌创作的素材。没有深奥吓人的哲学概念，她追求的，只是不想让思想在固定的语言外壳下变得僵硬，不想让活的经验在语词面前沦为公式化和普通。于是，我们在她的诗里，看到了一个读书人如何在“反抗沙发洼陷的深度”，黑咖啡如何在“谈论夜的深邃”，同时也看到了诗人对死亡、信仰，对友情这些大话题的一些个性解读。她随着自己情感的流动，一点点探索词汇的边界，激活词语敏感的神经，并且试探语意彼此的关联、组合和延伸，捕捉那些还没有被定义、没有被词语俘虏，变得僵化的生活真实。可以说，读她的诗既是享受又是劳动。因为读者不可以慵懒地对内容推理和预知，一不留神就会漏掉了点什么。她的语言极不安分驯服，时而像马蹄四处奔突，探询遥远的疆界；又时而像春蚕化蛾，在蜕变中弓起柔软的脊背。生活的意义从而在文字中丰富，思想的疆域得到拓展……其实，真的不一定要在诗中追求诡异的深度和泛滥的宏大，童蔚的这种“语言突围”式的写作，本身就很了不起。不信你看她写的这首《提克里克咖啡店》，多么别致。

在提克里克咖啡店
飘散出一种味道
也是我惦念的光线

在这里，如同海岸上一条大船裂开了口
灰色不够苦，时钟挂在墙上
偶像的海报快乐得让地板摇晃（《提克里克咖啡店》）

读童蔚的诗，我又一次从反面看到，我们这个历史上充满统一和向心性的国度，社会文化对语言的改造，和对大众语言的消毒和驯化是多么的严重。对语言正典化的维护早已成为维系文化正确性的核心要素。“心往一处想，劲往一处使”，这类语言病毒带来的只能是社会范围内人们思想的萎缩和创造性的降低。诗歌，也许是这个时代里抗拒语言和思想驯化的东西。即便不是唯一的，也是锋利的。我上课时常对学生说：这个时代没有诗，但是个需要诗的时代。

以我对童蔚的了解，我想她是个随性的诗人，不会去刻意追随哪一类诗人或哪一种流派。她喜欢尝试新的语言，追求的只是表达出自己生活的真实感受。像她自己所说："大风把陈词吹走吧，扫帚手把滥调车推走吧"（《新街口》）。结果是，她的诗几乎每一首都能让人觉得词语的光亮新鲜。说到这里，我们得注意到她诗歌语言的另一个特质，就是她对我们这个社会里语言的粗暴扭曲、嘈杂呐喊、油光水滑轻浮搞笑也是同样加以拒绝。就像她不能容忍僵化的语言一样，她也不能忍受语言上的功利和低俗。她认为，我们的母语是世界上一种美丽的文字，是营造我们精神的家园，也是我们灵魂的栖息之所。尽管诗中可以容纳突兀的形象，诡异的文字，但语言应该具有干净、纯洁、高贵和典雅的气质。这是她诗中所具有的，并让人觉得感动的语言风格。她曾谈到我们的文字："你不写的那些字，就会到别家串门去，所以，它们是我的家、故乡和国土，也是你的世界。"童蔚从小就有着良好的家庭教养和文化底蕴，她长期爱好音乐、写字和绘画。对文字和文明带有尊重的叛逆，或叛逆中现出尊重的一面，这是她值得敬佩的个人气质和格调。

最后，我想说童蔚的诗歌具有很强的形象感。时间、场景及人物常在文字中呼之欲出，又难以具体对号入座。当年"文革"、插队以及后来从事媒体记者的经验，使她也许比很多人更有资格谈论农村的河流、果园和山峰，也更有资格在历史和人生的沧桑比照中表达文化的变迁，引出世事的感叹。不过她在诗里，似乎并不愿意凸显她对某一种生活体验的熟悉，或刻意地将某种生活当作议论的踏板来强调。她的细节具体又超脱，意象熟悉又陌生，诗中的形象通常是圆润柔软富有弹性的，而且并不强力张扬，强加于人。我想，这是很多成熟的哲理诗人共有的标志。

你喜爱都柏林的雨夜
时间，像繁星一样冰冷，
那树冠，阴影，仿佛
摇曳着片片绿火
詹姆斯·乔伊斯，坐在那把木椅上
那椅子还发出微微的声响（《都柏林》）

多么沉静、美丽的诗句！语言原来可以这样净化疲惫浮躁的心灵。在这个缺少诗的时代里，我们苦恼，但也庆幸，因为身边仍然有诗人存在。

2016年6月14日

高小刚：北京大学学士、美国俄勒冈大学比较文学硕士、中国社科院现当代文学博士，香港弘立书院中文总监、国际文凭组织大学预科中文主考官。

诗歌的艺术：童蔚访谈

沈　睿

沈睿问：（以下简称问）你是什么时候开始写诗的？你是在什么情况下写第一首诗歌的？是什么激动了你，从而写下你第一首诗？

童蔚答：（以下简称答）我第一首诗，写在1980年前。因为1980年我调动过工作，现在想起是在那之前。有一天晚上我躺在一排黑色大箱子上，那是父母1955年从美国回来海上旅行用的行李箱，靠在墙边，两三个连在一起当成卧具。如今人们改乘飞机后，这样的旅行箱简直秉承着航海年代的粗犷风格。我不知道是否箱子给我启发，很偶然地，我写出了一首诗，以至于兴奋难眠。创作带来的精神享受从此比金玉楼宇更滋养我。这第一首诗，关乎柏拉图式的爱情，它实际上没写成，没留下来。可激动情绪却超过了之后的，就是，当一个人写了许久后，阅读自己的就有了一些客观性。“可以的”，可能记不清怎样“成”的；不够好的，往往觉得难以改好。所以，第一首诗歌我自己的激动远远超过诗作可供阅读的效果，那一定是激动我心的失败之作。如今，我只记得第一本油印诗集《雪线》（收录写于1979—1983年左右的诗作）第一首发表的诗作《爱海的人》发表于《秋水》杂志总第14期。

问：你的第一本诗集《马回转头来》出版到现在快三十年了，你认为你在诗歌上的探索有过几个阶段？你现在的诗歌跟三十年前有什么不同？

答：在第一本诗集里，有一首诗是对自我的预言："晚熟的作物"。既然"晚熟"，早期的或许有一些小灵感，但也不过如此；整本诗集都是单线条诗思的产物。因为我写诗的投入状态来得晚，这与我一直兼顾工作、家务有关。之后1980年代末至1990年代是一个转折期。许多诗歌反映出人格不成熟造成作品屡次与意愿相佐以及过于"神经质"语感。为此，我"销毁"了不少诗作。记得一次搬家前，我坐在小凳子上把那些诗稿一页页扔掉，这个场景，具有启示意味，就是，我希望写出令我心安的作品。我所生活的环境让我有点懂得自我批判。如今想来，就是我和诗歌有夙愿，但不可能随意达到高水准。诗人对时代氛围、日常生活很敏感，这点重要，若麻木就彻底歇菜吧。但精神的敏感度与诗艺的匹配要恰当，如果后者乏力，就可能因情绪过度堆砌而写出阻止读者进入的作品；或者过于稀松断裂也表达不畅。当然，如果坚持意象密集的写作也不失为一种风格，可写出了不起的作品。第二个阶段，我想表达的内涵深入一些，但结构和语感欠缺提炼。

2000年至2011年，为第三个时期。这个阶段能够在《山花》等刊物上发表诗作，我也知珍惜，这期间的写作比较口语化，这和论坛交流、博客写作有关，这种媒介，我写的时候，心想，哪怕只有一个读者，我为她/他而写并视为“知音”。2011 年出版《嗜梦者的制裁》，主要收入这期间的创作，看似不错的计划但在反复之中还欠缺定见，属于阶段性写作的小结。我很感激当年诗人、评论家及朋友们的支持！《嗜梦者的制裁》中，有几首在诗歌想象力和语言转换方面，比较恰当；另一部分，延续了之前的“小灵感”。从这本开始，诗歌创作其实有了变化——多头思维的写作，也可以说我的诗歌审美“进化”到多声部语感。要说，现在写的诗歌和三十年前的有所不同，主要在这方面。

2011 年之后，为第四个阶段。似乎又进入难以发表的阶段，也许是个人的原因……说到底，是文化。如果一个创作者和商业文化、新媒体结构不合拍，就很难发表，但有时也会遇到贵人，能够在微信平台或杂志上被推荐；也有可能和学理论的批评家进行交流，指出哪些作品“成熟了”。所以，出版《脑电波灯塔》这本诗集对我来说，仍属于延续创作的“阶段性”，哪个诗人愿意回到“抽屉文学”呢？除非历史宿命又必然如此。说起来，人生走到 21 世纪遇到媒介的转换，外界发生巨大的变化，几乎也只能以自己的判断为主导。市场总问，某位诗人的诗集卖出多少？其实，销量与质量的关系很混沌，我直觉认为，诗人还应将能力落实在书写上，其他的很渺茫，也左右不了。

问：你阅读的诗歌——你读中国诗人还是外国诗人？谁的诗歌对你的写作有影响？有什么样的影响？

答：这是当今时代才会有的问题，难道指望古代中国诗人告知阅读洋人的么？我想，与我同时代的中国诗人一定两者都读。我最喜爱的中国诗人一定是李白，我看李白诗歌的“字”最为感动，因为那些“字”的组合传递出一种醉意，很有魅力。苦吟的字词稠密当然意思也深刻……这样讲，无意间提示我一个道理，人往往欣赏与自己不同的作家与作品。说到底，影响有时并不直接，主要是艺术趣味的投契。

外国诗人，从最初我就迷上艾米丽·狄金森。她对我的影响就是她诗歌的跳跃力度，在一句诗里，她灵动地拎起三个大词或意象，这种句法在汉语里也行之有效甚至更多。我还喜欢茨维塔耶娃，她告知诗人，写诗可以从高音C开始，那必不寻常，我大约运用过一次。再有就是保罗·策兰，他的诗作给了我诗歌是一种灵魂之间神秘交流的感受；其复调写法以及词与意象的连接方式，尽管是阅读外文但还是刷新了我的创作意识。顺便说一句，我很钦佩敢于翻译策兰的每一位诗人译者，他的诗歌，根本就具有一种拒绝翻译的内置。所以，翻译策兰的诗歌实属不易，我读那些丢失了“音调”的译作，依然很有感触……

问：你最喜欢的诗人是谁？中国的和外国的？

答：中国，李白。因为他的才华在所有汉语诗人之上；当代还有一批诗人，我能不一一列举吗？外国的诗人，就是狄金森。

问：你母亲郑敏是一个杰出的诗人，这对你有没有影响？你跟你母亲讨论诗歌吗？你怎么看你们母女都是诗人这个现实？

答：很长时间人们这样介绍我“某某的女儿”。事实如此，我也习惯了。可我也观察到听者的表情发生一系列微妙变化。最初，“某某”大家都知道，我为我沾了母亲的荣光深感羞愧！在我内心扎根的是西方意识，要自力，靠自己，虽然这不免幼稚。比如你，就在我写作初始热情慷慨地鼓励我，人离不开“同道人”的相助。到后来，一个人要跟“90后、00后”介绍说“这是某某的女儿”，对方连“某某”都不知道，自然一脸漠然。我又难过了，这次为我母亲。幸好，她有一首诗纳入高考语文卷子，她的诗歌在当今已毫不费力走入年轻学子的视野。

母女皆为诗人这事，之前有人问过我，我说，这也许是延续传统，可也说不定……古代确有好几位父子、母女都作诗的。只是到了现当代少了。自开放风起后，两代女人都写诗，这属于时代的偶然，但是未来的必然。事实上我母系家族有三代女人创作诗、词。我母亲的姑姑是福建闽侯的词人。然而，从母女文本上看不出传承（也可存疑），这也是个征兆，证明生命经验尤其童年成长环境之重要。我写诗多半由于缪斯敲了我脑袋一下，召唤我，设想用下心思，恐怕要避免母女同行。再有，母女的学养、教养也存在极大差异……虽然我们之间几乎没有写诗交流，可是血缘并不绝缘也不回避依然在起作用，那是个人意志无法决定的。

问：在你的心目中，什么是好诗，什么是坏诗？你怎么衡量一首诗？

答：我首先分类。如果是一首实验类作品，我就按照“想象力”“新颖”的标准衡量。我也不讶异怪诞或辞藻运用的非常“不寻常”。我内心的标准不是双重而是多重。如果是口语类诗歌，那种即刻击中目标的畅快淋漓、抓眼球的效果，我也能体会。我衡量一首诗歌，最在意深度；那些如花样溜冰一样的花哨诗作，我敬佩作者的才华之余，对其他有所保留。要说才高八斗奇技淫巧那古典汉语经得住时光磨砺，如今读起来依旧散发幽亮光泽，堪称文字古玩。而新诗，则有其另外的使命。新诗在建构之中，好诗的标准也在渐变扩大之中。其实出现“坏诗”也正常，为了有一个评估，再裁定何为好，只是需要小心判断减少误会。我觉得不好的，可能很多人大赞呢。这其中除了个人眼光之外，必要考量商业文化、娱乐时代影响新诗的发展轨迹，那是1980年代写诗时，所始料未及的。我心目中的好诗无一定之规；坏诗就是非诗或复制他人感受的。我对衡量的标准也存在疑惑：比如一见就喜欢的，是好诗么？写人情冷暖就比写国家命运的卑微么？再则，以我看这个国家还需继续产生大量的“坏诗”以便于大浪淘沙之后有更好的启示与整合。这也许属于较悲观的意识，我这样讲是站在个人观察角度，写在这里，希望以后看到会后悔。

我写过一首诗，里面有对中国新诗的一个暗喻——将新诗比喻为一个混血的孩子，是不同文明混血的新生儿……有人如能感知我的想法那是出于扪心自问，新诗借鉴了多少英、法、德、俄、拉美等诗人的写作技艺及西方现代绘画、音乐与哲思？这个象征性的比喻可能并不过分。新诗作者需要最少两种文明意识兼修。

问：你的诗歌的潜在读者是谁？或者说你在给谁写诗？

答：给佳人。给陌生人。我希望有人看到后喜欢。好比有情感喜欢一个人；其实，我心底里想的是给“未知”。当一个人写作绘画作曲时，如同克服看不见的日常障碍进入一个“未知境界”。

问：你觉得诗歌有没有社会和道德功能？你自己诗歌的社会和道德功能是什么？

答：这个问题令我困惑。社会和道德的功能最适宜的载体是散文；再有，绘画和音乐因其艺术语言的独特距离感也适宜。唯独新诗犹如“披着羊皮的狼”不便于直接表达。奇怪的是，当一个社会不允许散文担当如此大任时，诗歌要承担，必须承载。但是，如果我面对神灵来说这话，我祈求不要诗人承载道德功能，要放新诗一条生路。

有些诗人反感被贴标签，强调去意识形态化。还有一路新诗有可能回到“口号诗”，具宣传功能。只是中国古典诗词很能承载“爱国主义”等社会道德功能，以杜甫为例，他关注“家国”、“环保”、“住房”等社会话题，那些名句如此杰出，老百姓至今耳熟能详。所以这个问题好，令我思考。

问：你写诗的时候，你怎么写？是从语言开始还是从意象开始？

答：有时候，是一个意象，富有诗意，由此开始抒写。有时候我听到内心的声音，但所提示的并无诗意，就无须纳入创作。灵感的到来无一定之规，我更倾向于围绕意象起始。

问：你的每首诗歌有主题吗？比如《隐者的伪装》这首诗，你的主题是什么？

答：这首诗，恐怕让你读来感觉困惑。其实这首诗比较简单地"绕"了一下——表达一个"隐者"，他本想大隐隐于市，可又做不到，这是其一。当他"出山"或站出来时忘记了，他原有的一套伪装术如对残酷现实视而不见的自我保护，也忘了运用，此其二。这个隐形的修炼者一旦暴露在群众中似乎不如退守。我想要表达这种双重的矛盾感。

问：五十年后如果仍有读者读你的诗，你希望这位读者能从你的诗歌中看到什么？学到什么？感受到什么？

答：嗯，这话有点戳心。不过说到"希望"，每个人都应该有；艺术本身饱含着希望与绝望。我希望那个读者看到，这个诗人热衷于诗歌实验，感受到她能够在创作中直觉地表达一些想象力以及在精神层面葆有那个巨变时代的某些能量。学到什么？我以为这是很致命的问题，我的确想总结一番的，感谢你的提示，以后有需要可记录个体的书写经验。

问：你觉得“女诗人”这样称号对你有什么样的暗示作用？你写诗歌的时候，怎样表现女性意识的？

答：你也写诗，我们可以探讨：“你写诗时会想到自己是女诗人吗?”恐怕一定不会。当你创作时你全神贯注，你对词语的秩序专注；你捕捉忽然呈现的意象，你倾听上苍的声音假如你真能听见，你处于这样一种状态仿佛你被一个“非我”所支配，这才是创作状态。相反，不写作时我对自己的女性身份，挺敏感。之前也在“翼·女性诗歌”上发表过诗歌及参与讨论；与此相关的，你一直从事这一领域研究、著书立说，那么你、我就会把一些日常感受提炼后写入文本。在编这本诗集时，我删去了一些“恶毒”之作。那就是外界施加女性的恶的感受。奇怪的是，法国诗人波德莱尔的《恶之花》读来竟然有一种奇妙的趣味。或许一部分原因要归于译者的妙笔生花。中国式的恶，我感觉较难在诗歌中呈现，恶和丑恶连在一起写了不一定会拿出来……需要深思。总之，写作并非性别意识先行，但对其的思考、自省是必须也是日常必然的。

问：你的诗歌的语言常常在口语、习惯语和书面语中转折，读起来语感有出人意外之感，你为什么这么写？比如这两句诗歌“这样持久的惊心是呼吸/那尘土吸入肺部不觉苦”——不觉苦这个词很口语，“那尘土”的“那”指称的是什么呢？这样的语句在你的诗歌里很多，你追求的诗歌语言是怎样的？

答：单就这两句来说，那“土”和“苦”，属于简单押韵。而“那”是一个拖延的节奏、一个声音（类似“兮”?）以免像我年轻时的语感过于“紧”。

说起来，我对新诗写作的追求之一就是“意外之感”。这兴许是个人偏爱。就像你吃惯了辣的，吃别的就觉得不够劲儿。我不觉得自己只是写分行的句子；所以，这样词语之间的转调、变调是否妥当，你提出来了，我会进一步斟酌。

问：你对诗歌中的音乐性怎样看？你的诗歌跟你的画有什么关系？

答：新诗最为根本的形式难度就是语言的音乐性。我觉得，有一种音程或说音轨存在其中。这就是新诗和古诗最本质的区分。新诗的写作接近作曲，有动机、开始、展开部分及结尾。因为现代汉语相对古汉语使字词的许多宝贵功能消失了，诸如名词、形容词的活用，动词的使动用法等等，原来的诗化语言的质感“蜕变”为逻辑语言的散文架构；当古汉语的那些神奇功能消解了，新诗只有另辟蹊径。

诗歌与绘画具有“血缘”关系。这点无论古诗、新诗皆如此——“诗画同源”——这在新诗里行得通，但古典韵律格式不能直接拿来用，当然也可靠近着“用”，那样的诗作保留了汉语的“筋道劲儿”。需要注意，新诗也在“巴别塔”功效下，将翻译语言的声效、语感融入了现代汉语，上世纪40年代一批新诗就是这样产生的。更早之前，唐代佛经大量翻译也滋养了汉语，所以新诗语言好的一面还是“活水语言”，具有设计与发展的空间。

问：我很喜欢《沙漏》这首诗，你怎样看诗歌中的叙事与抒情？请以这首诗为例。

答：终于有一首诗，你喜欢了。这首诗与叙事和抒情的关系就始于一点虚构。首先是对这“物”有些感触。顺着它发现时光与沙粒这样颇具人文精神的意象也可纳入狭窄的空间写，就有些超现实感。还有“沙沙沙”声响，像副题，烘托主题构造一点抒情气氛。

问：你认为完美的诗歌应该有什么因素？中西诗人中谁的诗歌或哪首诗歌你觉得完美？

答：朋友熊山卉认为，一首诗中的每一个字都应恰如其分地存在，有一种宿命感。我同意她的观点。另一方面，各类诗歌有其各自完美的尺度。再有，完美并不是我唯一看重的标准。有的诗，我竟然觉得没有必要写，那么再“完美”对我这个读者来说也是失效的。

要说中国诗人的完美之作，我选李白的《蜀道难》。西方的很难只选“唯一”，那够绝对。如果非要如此决断，就是保罗·策兰的《死亡赋格曲》，堪称经典。

问：你对当代中国诗歌有什么评价？

答：就在不久之前，我还很反感评论家的“断代”划分方法，将诗人分为上世纪30、40年代，50年代……70年代，80年代，90年代，我说的写作年代不是出生年代。现在我比较理解这是一种强调“共性”的分类法。无论你承认、否认，时代在诗人的审美趣味及语感上留下很深的烙印。同是“爱情诗”，40年代和70年代、80年代诗人的文本绝然不同，一看就能辨认出来。那么说到当代诗人，我阅读得绝对不够广泛更不深入，只能是个人感觉而非整体客观论述。想起上世纪80年代，冯至老诗人引古诗形容他对新诗创作的印象：“暮春三月/江南草长/杂花生树/群莺乱飞”。今天看来，这样的评价也不失分寸。这是一个诗歌运动（活动）的时代；这是一个民族语言趋向碎片化、广告化的年代；这是一个人气太旺，已使地气、天气受损的时代。在这样的时代背景下，我甚至以为，诗人不应该大于作品；活动不应大于创作。但目前的情况有时相反，我这样说，也说明我不懂得与时俱进、很落伍。可这就是我所具有的“觉悟”。

我想，在一代代诗人的互动之余，也许最后能有大批超越线性时间划分的优秀诗人出现。也就是说，这个民族需要大才，但反过来想想，一个以商业为最强音的历史时期，一个娱乐至高至上至死的全球化氛围，诗歌大才的诞生与涌现，可能么？

那么，其前提是这个民族的文化底蕴已然储备丰厚，而非资源被逐步耗费。同时我不否认，这个时代已然有了“杰出诗人”。

问：如果你遇到十六岁的你，你会对她说什么？你怎样把这一生的经验告诉她？

答：嗯，我这一生还没走完吧，在旅途上我遇见16岁的自己，我会对她说，学外语要趁早；习练书法、乐器、下围棋要早开始。童子功是面对未来的文化杠杆，拥有了，绝对受益终生。这些都是老生常谈。我想说，出名不必早。我要说，对女人来说最重要的是阅读以及一生自食其力。次重要的是，你遇见什么样的男人。而所谓自食其力是指生存信仰并不单单指有一份工作。一个女孩儿，遇到“但丁”并不一定好，因为你不够淡定，会失去平常心，也许还成不了他的“灵感模特”。我想说，那些打击你自信的男孩子，一定不好，这是一个试金石。一个喜欢抱怨你影响他成功的男人，很可能是垃圾，尽管垃圾在后现代也是艺术品。16岁，也是我第一次面对一轮落日产生异样的激情，仿佛大自然开了心窍；那样一次的感动，我想每一个13–16岁少男少女都会有的。我也希望她遇见并且终生记忆。16岁，做梦的年龄要延续；这样人的一生就多了一个维度。16岁，也是志向高远的年龄，我要写两个纸条塞进她兜里，以便于她遭遇挫折时拿出来瞧一瞧：其一是“生当作人杰，死亦为鬼雄”，另一个是“王侯将相宁有种乎”。依据你提示，希望不久我就能在梦中与她相见，哪怕只有一次……

问：请用六个字说出你写诗的秘诀。

答：六个字，有多种排列可能：2+4=灵感+反复修改；3+3=持续写+慎重改；1+5=写+声音和图像；2+2+2=两拍+三拍+变幻；1+1+1+1+1+1=诗歌是你情人。

问：如果让你自己选你的五首代表作，你会选哪五首？

答：“代表作”是对自我认知的考验，挺难选。我以为还是“旁观者清”。我个人比较喜欢的，按照大致年代：《小木偶》《迁曲》《我父亲的祖先》《女马人》《逐月》（组诗）。

感谢沈睿教授的提问，你启发我从多方面思考、回顾诗歌创作，这是一次有意思的访谈。

2016-4-12 于北京

沈睿：美国俄勒岗大学比较文学博士，现任教于美国墨好思学院（Morehouse College），教授，中国研究项目主任。

2011： 隐者的伪装

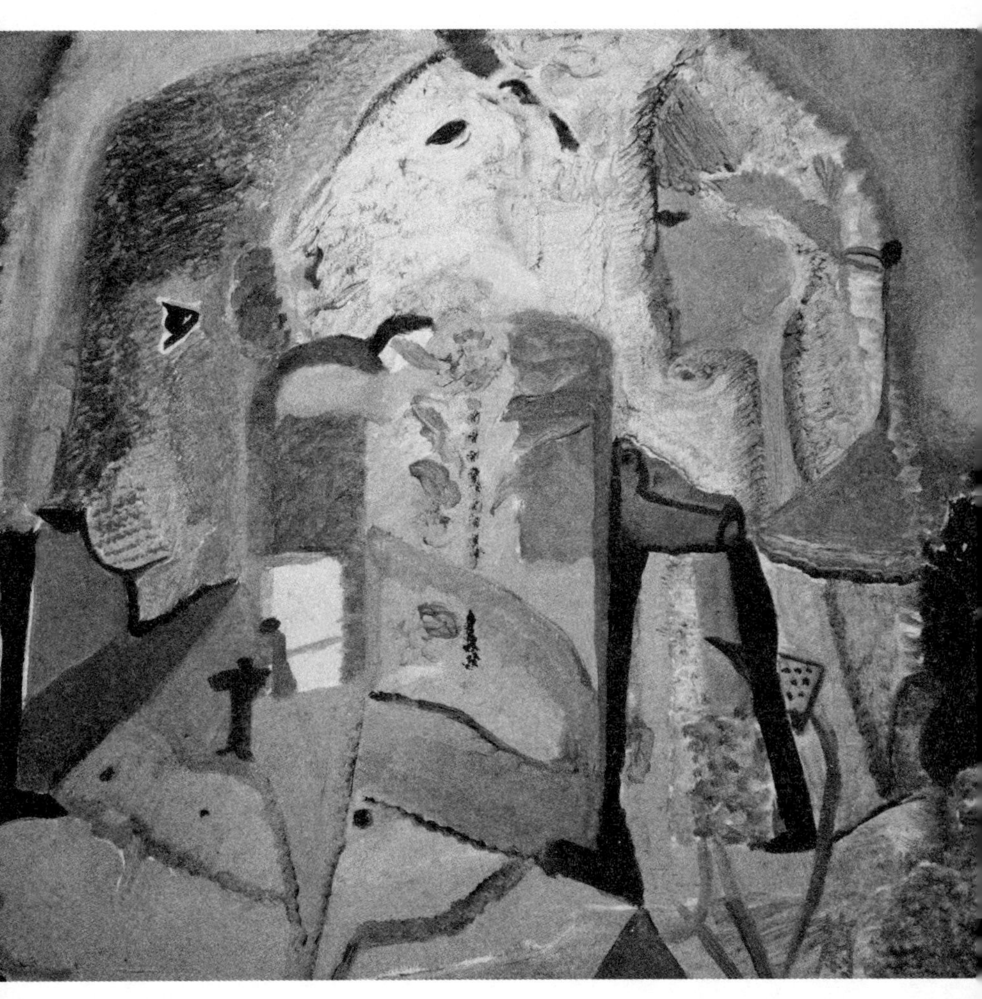

油画（60×50）/童蔚

杂技演绎

这其实不是单纯表演
台上手脚，抵着力
上上下下，一年四季
身体，像纵向图表
移动着旋转天伦、地伦和人伦
勾连到——倾斜，险些倾覆；
那一代到这代：足够惊险
有务农者读书人
祖父曾祖也许还有宰相
从右往左承载字，字，变作
一行行耸立的青山于城乡之间
平移代际，也在于腰股之间
回旋；有时候缓，自下而上，
“杂糅之道”，转，
方巾转，平方和，
这尺寸，扩展平稳篇幅
多么艰难的杂耍
伫立崖岸摇曳——凝视前辈　筋骨疼痛
仍需几番颠倒到——以便展现几轮生死
生在死的上面
死托举起悬念
向下以延伸

神秘的福厄
无比柔韧才能达到身似菩提心入境
攀援至华美的
无论福兮祸兮
携手表达幻术
如此才使得秀场
炫目，酝酿一系列变幻如迷彩
释放长时间——
骨肉相连的信仰
且习惯于向上向下
顾盼八方坠入假想的必然外
……

梦 虎

你们，可见过，一群
虎，不眨眼睛相互撕扯那条布
它们一起，不亲热。这事儿书本根本没讲起

我见那，虎旋转着线条躲在树丛后面
我记起，虎发出警告声
我知道它们是地球发生了一些事情以后
如此不愿意透露出
骨头感知到相互
撕，骨骼冲撞，混乱，那线条
是艺术家，用感觉
夹住笔触描绘至晕眩
每一簇，是老虎撕彼此然后扯开了
那条街夹在虎口　就住在里面
再透过那虎牙，你们
在血浆中争夺
那最后的不朽

我哭泣的孩子，躲在树洞里

竖琴依偎山毛榉时
瀑布，那拖长的腔调呼喊
长久萦绕砸出一匹水中
烈马已忘却那打马者残暴习性

天空浮现彩虹桥
我想起在玛曲遇见
那天空荒凉孩子
哭泣的腔调堪比北风
我膨胀语言也无法
搂紧他如此撕扯乌黑的肺
哭，就是童年的潜能吧

他挪动年幼的步履
直奔向林中树垛的
身旁，在树洞里有震慑心弦的
词语，弓弦在演奏

（我向树洞里面看，看见他）

树枝排列着人字形队伍
鸟儿在洞外报告落日已然知晓

昏暗伐木人的暗影
离开树垛之后神秘的
谎言伴随幻觉走回家中

哭泣吧，缪斯回避龙蛇传语
哭泣吧，彩虹桥滑落一片立体音响
那堤坝的蓄水无法遏制
洪水也不能汇聚到
缪斯的心田
那树根就将洪流吮吸
墨绿的枝条就喷射
……
（他从树洞里向外面看，呼唤我）

2011年改

隐者的伪装

路，奔跑着，在路上
未来将被超越的
猎物，活动着隐蔽精明的逃遁心

感知那路上世界陌生
就知道如何隐藏起
陌生的畏惧

那是最奇妙的道路，那路上古代鹿角高耸起魔法

那路上的星星眨动白色睫毛
鹿说，你无须伪装——

记忆——从壕沟传出
消息——记住
隐者到来就像王者归来

隐匿被称为无限的源泉，一切的干渴都将结束

而王者，在王国休息时就说
从一开始就包括掌管主人的
主人，需要伪装以及

向人们提及休息；
那颓废的模型，需要夕阳往你的
身影，浇灌
一座神秘乐园
使你试图凝冻
遁世的意志

而隐者的思路正抵达清晰的刹车痕

尽管，隐者还不愿透露儿时遭遇
连最亲近的人也没有听说过
甚至书本已然不允许提及
编花篮解花束就仿佛重复
那铁丝还缠绕着老树手臂

那些树也隐藏根，无论爱恨，共同向上攀援

你将懂得生命逍遥的规律
你将点亮最高的学问
你将点数灵性的暗喻——胜过几杯烈酒

当餐桌上，一碟小肋排
忽然错动时，你熟悉
往昔，就假装没看出那残酷

就举杯，再一次呼唤
隐者到来！无论这多么可笑

你，要去侍奉一个原因
你必须上路了
这使得之前的隐士从清高处滑落清香

隐者也忘了运用
娴熟的隐语伪装

海螺四重奏

1

你，没有手臂没有腿脚支撑
可你反射光源的存在
潮汐到来时，在水中习练阴柔旋转

满天的星星啊披上黑衣裳
在星际的袖笼里开始航行

那湖里，柳绿也静静地，围拢
海螺，蓝色，卷起海带漂远了
沙，缓缓地下沉，下沉
天，醒来的肿眼睛见柳黄色衣

我没有忘记你发出
咚咚作响的——晕眩的探测

这似乎似深海潜泳者
持续演奏内在的室内乐

然后一起演练，海螺
内在的自我混响后

清醒：那海底音符闪烁篝火
吹，篝火到位的孔穴

如此冷冷热热高高低低
让创造者拥有海螺的
坚固吧：奇妙的结构
拥有它就代替
固执到要用头颅
收集宇宙蓝色标本

模拟着自由的圆润度
模拟着尖尖的塔顶
它们沉潜是号角
它们浮出是日出日落乐队到场
声波摇荡循环
不停地不停地
制作，拥有它
赶走所有的邪灵
如此空灵，它进入特定的场域
赶走邪性，在里面
那是特殊的耳廓
听花开，唱敏感的歌
听见天穹和一只情爱的海螺
保持着一致性

我这样解释——如同模拟
海螺的耳朵去倾听

星辰和大海交谈时
它全身就唱出满满的光泽

2

巨大而遥远的掌控
海水才有涨落

海浪，有时候忘记了把它高举起
可不要忘记了蓝色扇形墙体
和海浪狂笑追逐
雕刻花纹的本身
渐渐涌现创意划痕

一片人海中你不孤独
你不快乐
你和一只海螺一起
混入白茫茫一片
还有飞鱼，海豚，海龟
遇见最为神秘组合
涌上海滨墓园
今夜要上演
海螺喜爱的阵阵白浪声

我，游向你们就是从组曲
到，全部的没有沉浮的《夜曲》

3

游动没有意义

若干年后
有人从沙滩挖出时
它灰瓦般
失去光泽
但是绝对不会
腐坏，如此——最适宜用来纪念
最后也似最初
用以祭祀祖先

更适宜作为死神的伴侣

4

今夜不再梦见
夜晚的海螺倾斜
它已然随波逐流
进入一个漩涡的湿度

时光，涌入又涌出
这涧谷萦回漏斗形继续着

涡旋，这曾经是
让人们参观缩微宫殿的模型

这曾经的精致
全身，披挂墨绿幽兰的水草

它来自深处的

信念：此刻
把漂浮的月光搂在怀里

就催促：让我把星宿联想成通晓时光的海螺
借仙女那透明的手
把一束光遍布了如此彻夜的清醒的光痕

那些海螺样头颅会记住：
死后，大海的微笑
……

粽子之歌

1

湘水边摇曳的竹叶听见他
窸窸窣窣说着糯米腔调话
深渊，沉浸语调回旋
为何一定要记住他
为何节令要更有人性
你想起吃粽子

更多，更黏稠糯米的
久远的何处寻，“兮”音何处寻？
呜呜，依稀的呜呜啊……

树上的鸟儿叫他的魂
知道他变成了忧愁的枝叶
回想楚国的
四面合围的、铿锵的声调啊
然后一个包得紧紧紧紧的舒展念诵

更多，更黏稠糯米的
久远，何处寻，“兮”音何处寻？
呜呜，呜呜，依“兮”地诉说，沉浮

……

2

自沉的屈原啊，你可知
红枣红豆沙和怀王
关联着关怀着忧思大事的糖分残存
留在粽叶上面
然后，我们每年就亲吻

更多，更黏稠糯米的
亲吻如同吻别过后何处寻
“兮”音何处寻？
呜呜，呜呜，汨罗的呜呜……

我们舒展熟练的左右手
再捂住幽思的三角形
再触及到
各种果肉腊肉鸡蛋黄都因节气而赋予
语义塞进糯米里

更多，更黏稠糯米的
语义即将到来，“兮”音在回溯中沉吟
呜呜，冷冷的呜咽
屈原沉冤如巨石翻滚沿江下行
……

3

只因在汨罗江里诞生出

葬身鱼腹意志的标识
故事指向阴曹地府而年度重复
悼念的石头越来越远离源头

呜呜啊……呜呜……水少
而枯石大……愁漪的鱼头上
也刻画屈子累世的皱纹

绿色里又搜寻出珍珠本色
只是旧事赋予少年以才情智识
只是裹住陈年符码的节气
黑衣没有变，也没有缩减那端午
黑夜里想起粽子无论
魂息和咒语渐渐远去了

呜呜……呜呜啊……水少
而枯石大……大道有风寒！

家务方程

家务，悄悄溜走时间似水的慷慨
少年人映衬出老者弯曲的背影
恰如人老才觉悟，到了这钟点
来，我们也腰肢伸展旋转弧度；仿佛
每日工作为了寻找昨天的痕迹
那掉落平面的污垢，等待收拾、归纳

暗夜里偶然见一组意象从天梯，滑翔而至
立在窗前，灯光照亮它们
家务和书写分裂交织纷繁而至
反射出形而上的呼吸与动态有关
抚摸扶手，洁净之后似双手
告知我洁癖虽好但不宜造作。

岁月，从楼道里传来熟悉的脚步声
踏出节奏，这是，别等别人照顾
别闲了白发自然的顺序；百叶窗前的
踱步，分秒必度不出门轴的觉悟

而劳作有时是荒谬的探寻
合页开关　关乎每一个关节
劳动还是我在桌子上费力擦出

你我曾经两条街道的干净距离

时间长了，肢体像柔韧的橡皮泥玩具
变得风干而僵硬移动扭曲骨刺
方位在时间画布上变异为
一串不真实的动作确实走形到筋疲力尽
还勇敢地挑衅——

所爱的，似继续航行不在船上
在结果，脚步碎得越来越小

门，有鱼眼，继续睁开，凝视着
这一次，鱼贯而入的人们似有鱼尾
鱼翅和扇形渐渐拓展；以及匆忙
转动家具、道具使更远的，更近
使空气产生异样的兴奋使你看出
桌椅安静的立体牢靠的忠诚

所见的，见证了生死类似复制
祖父母还有曾祖全裹着活人衣钵
好像劳动终止了一系列消失
也是一代一代努力地繁衍

我已然看出，这并非特殊的形体训练
你我终将变得衣宽体寒——在家务方程里。

一天就等一阵风起

这重复的阳光从来就不让一片叶子
托住一滴露水
一阵风不过就是风中透明的白痴
随意调整白平衡

将一天从心里放下
又放不下，更滞重的协调
就需要痴人才具备的大无畏

一旦花儿开了就弥漫
花园语言，紧邻着
记忆就布展森林，最终
聚集起每一脉相似的单独的相似
以便用来治理大面积风沙

那些有思想的人
需要面壁思过
可思想有问题的人
需要四处行走

请勿打扰、混淆
一些固执的刀子入鞘的方式

区分毫无底线的行径
是否并不具备精良、透明的预感
超乎逻辑的轻蔑
显然有预谋

就等一阵风起
城头浮现玫瑰色头颅
就有人裹挟杂色袈裟
宛如一道霞光非常震撼地
与你道别！

捍卫一天的尊严容易
捍卫一部佳作却很难

露珠系列

1. 露与蛇

露水也曾经有过罪吗?
当你入睡，梦见
太阳在异地升起

露，膨胀全身心，想叫你醒
可在发声时，坠落了
坠入无声，因而它的谦卑无需模仿

一滴泪，落下时
以重量，承载水神
它不知树下有一尾
张开嘴吐信子蛇
在期待
致命的一吻，等露珠
它不知这幕
已救出那人因看见了
而免遭不测
因虔诚，而凝视
一切匍匐的小动物
救活他那囚禁头颅的

念头，转变为昂起大志向
的头，是如此高贵抽象的
愁……

2. 给一个叫露露的女孩

乘着，那一根羽毛搅动起
回忆：你名字里有暗喻

来自根，来自深厚绵延的
祖辈；一圈圈环绕树脉而
弯曲：循环绽放此时此刻

于是：你依然美，是露珠之美

云雾，伴月亮撒满了那——
飘然、像老人一把把银胡须
银晃晃，像丝光轻匀
见到露，它让我想起口渴的一瞬间

黑暗不成眠的恐惧，长辈和老者
曾尽情吹嘘
年华美妙时，曾经的神经

王公贵族想回到过去
他只想回到露珠葆有
光润的纯粹而愈发透明

灵动时刻，在眼圈里转的
凝为不一样的干净
不一样的露珠
滚动时，有一个念头如雨
到达，叫醒我

露一样美，甘露之美

那老人为你不会逝去
他缩入露珠的伤口
那些残损边缘的树叶低垂着双手
晨曦，愈发地闪亮

3. 甘露拯救

那一壶露，如无语
那融化的，那原子
却原来，堂奥在此能够
饮，雨季

却原来，这树，一生的露水
度向斧头的利刃
就无须量度——终身接续待赎的罪

物种在夜晚向外释放的
神秘繁复之珍贵
请记住，很少人
知道你领受纯净的水气

黑暗渐冷——晨星焕然；
那自高处注定发现极少人
也凝聚成集体；

凝聚闪现，变形，皱痕
凝聚额前那温亮亲密的契约
凝聚成

在露水消失之前
谁缄默，谁隐藏纯净
谁从冷漠聚集那寒热
谁从隐忍被放逐

被放逐的人们
仍在那树下等厌倦
……
不要以为那黎明降临露水
降临的，也会浪费
请接纳甘露仪式
接纳东方黎明方式
接纳来自黑暗无边
黑夜在种，黑暗在收

注：曾经有一位在“农场”劳改过的亲人跟我讲，一日，黎明时分，他在田头树下巧遇一条小青蛇昂起头，等待露水滴落。此一景象，深入其记忆。当那场风暴过后，他那莫须有的罪名去掉之后，他

每想起这一幕都庆幸露水与蛇赐予他生存欲望使他熬过了17年。生存的勇气就存在于自然万物之中。这组诗，与他衔悲蓄恨、热爱生命的顽强，有一丝关联……

红被子

1

这条红被子上面苹果坠落时
你还没有醒来

你还不愿醒来
直到日全食遮蔽时
你才敢于直视太阳瞳孔

当红色没有从大地褪去时
太阳屋子里阳光盛宴宝剑无数
在那里，召集太阳祭祖的秘密会议
而你，只适宜浏览——绵延至今的
残存：桃花、石榴、山茶花纷纷坠落

你还没有醒来。红色大字
就布展近处；他们说，苹果从心里
全黑了，邻居们说过
“苹果从心里全黑了”

满脸通红的红苹果
未受重视的红玛瑙

以及豪猪和红草
刺猬刺破那葵盘
金属敲击盘子，染血器皿压抑着洪亮

你没有醒来
苹果从心里全黑了
太阳被黑暗遮蔽时
红被子让你想起了什么？

2

以红色为边线
折叠　四方型被褥
如此事件
就在黑红之间缝纫
经验、口令、步调
地图在画面上呈现

红蝴蝶粉蝴蝶舞蹈在
红色被面上
落在一簇芭蕉枝的头上

鸟羽鱼翅上就捆绑
一抹消声之寂静；

之后
南方的蝴蝶又躁动
窸窣声响就是

预告

肢体冲突，在巨幅红被单里舞蹈集体的动作。

两种果实

有两种果子已看到我描绘它们
先摆在仙坛，再请教神笔
喜不自禁，我还想和彩雾转换门第

它们从往昔带来未来的
无语，我察觉到潜能、格调
它们有绿色发辫环绕全身

并没有在交界地相遇
就会虚构
听，就是听见千里之外
不痴不聋
然而却听见花儿嫁给了东风

明明知道其中的一个，不怕雪霜冷
另外一个年轻如同那女子唇色
且全身都是唇封的蜜语鲜亮
相信田头留下它们痕迹
田尾可追溯相似的本质

你们喜欢其中的精华
冒险绯红饱满的实质

我看东方就是这颜色
庄重如火的红火，泛滥这暖色让人心醉
还有一种鲜嫩比少女心更隐忍
还似一佛出世前留下储蓄
预留大量的子嗣
好似我们的祖先

其中粉红色代言言之灼灼光鲜灿灿
另一果实坠落风雨亲吻盛满凄惶的童谣
那是，可以镀金的骷髅可供盟誓

这另一个，铸造黑窟窿的巢穴似乎是
一场咆哮、掠夺过后
每一间屋子，都渴望
安抚、拯救
热情的谈论
掏空之后
那热烈赞美也需要风干
仿佛智慧老了就在老迈的身影里
组合更多尖齿的锋利，聚成倾斜的塔楼
以便于膜拜
尽管它们被大乌鸦雕琢时
眼眸惊恐，胡乱拼凑胡言乱语的
章句，已似垂老的回忆

世间若有两种杰作
红色晶亮汁液发育的果实

——叫石榴
褐色的憔悴，痛楚的化身
——叫松果

抑郁的女人

这样持久的惊心是呼吸
那尘土吸入肺部不觉苦
身体　倾斜向墓碑
听　压低的嗓音，说
大理石不会头疼了

倘若修辞到达深度
更深入些，挖出那寒冷的荣光
而苍蓝的天只修炼蓝调光泽
走向危机，她裹紧一卷长书
黑夜披风，裹旋弧度
仿佛表述几处裂隙，依然有光

胸腔——直抵远方
撑开一条路通往那
无人知晓家族而夜半歌声中
乱石岗掩埋鲜活生命
如麻木对应唇边是封存
如一滴鱼油可比拟脱水的命运
并蓄着干渴的欲望
可用鱼王与洪水滔天
比拟命运翻卷之中的抑郁

游荡在四周的白色精灵
还戴着护士问候的小礼帽

她回应激情以文字
召唤，临近血管边缘的刀锋
就像英雄步步挨近
画出四肢的轮廓

留下又宽又黑凝血下沉的暗光
可惜，无人能画出一条鱼抑郁的冬天

寂寞时光

深远的隧道与深婉
蔚蓝色天穹
融合为一粒胚囊
融化冥想

圆形，轮回着灵性
可她还想用
枯叶点亮黄昏

她想用帽子围巾手套塑造
另一个女人
她取走这些时像风取走了所有

留下头颅对应天空的洞穴口
她看到，云，停下来，
想象，无法停，于是

幻灭为水天带来一场大雷雨
那渗入岁月田畴，不死的
胚芽与春天共呼吸

就有一种崩溃非常地轻盈

圣　女

1

你是否听见著名的幻听，属于
贞德唯一的，命悬一线
只因为一个女孩听见了

为了顺从梦中神谕
她并不懂得白布更神经

嗜血痴狂的撒旦
可作为宫廷面具
为了唤醒王、群臣
需要拱形的思维弧度翻越
城墙，沟通语言的脊柱

天地人神的消息
光临此地
她被译作——“贞德”
从文字的城池里面
闪出，真的光

2

真的，连神明

也恐惧她的存在
短暂，铸太阳睁开永恒的眼裁夺纷争
为传播神迹的壮观
她的无法破译神秘莫测的风
声　光　影组合先知的
觉醒。一定是女人
是女性的风摇曳过惊奇

声　光　影化作宝剑决定的时刻
一定是的，白天的
守卫夜晚看守的士兵
守护着她——本能
衔接上苍意志的矛盾
她骑上黑马一定不是马
是飞的意志归顺她
直觉的使命

3

挖土豆捡麦穗收获的地域
都是她的灵媒村
都会暗合其他的秘笈
一起降临如雪的未知

如那邪恶的日月
也会发送幻觉
给予她兵马如披霜戴雪
凝望障碍

将城池拖入战火
挥刀进入相逢的血脉
觉醒的她贯通文武

但当她寻找统一的声音
考察：那最后的殿堂
一百匹战马要站在天际

那天意——只有她秀气的耳廓
可以听无限广阔
迷蒙的眼，看到江山千万
有挥刀落入眼前

命定的准确与超玄的预测
长存于火蛇升腾的命运。

4

野兽也会震惊的
傍晚，魂灵游荡；黎明
返回的步履
且指挥战火如何
检验命令那油摧毁城

谁能让梯子接上骨气和
腿的意志，最后的草丛里
也有恨，忏悔水变血
城门里暗藏九霄云外的诀别

5

当头颅落地时她悔那墙
涂满了人类基因图谱
血管里连绵起数次战绩，占领
兴奋；使心徘徊
曾经撞击的城门开启而时机没有敞开
只以天赐的方式
只以此心支撑国度；国王
最终的迫害犹如剑断
鬓发，衰败只是海风拉扯旗帜
必然倒戈

从远到太准太近
到民同羔羊
贵族如镀金的马粪
她脑海里善意的幻觉
就是不衰落，会复兴
被掌控的
梦，梦见迷途之路
展开行动
所有封死的路途回归大海
倒戈也是死

6

直到神掌控了无助者的幻觉
语境辨识消息

灰沙暗哑，就似千里之外烟尘
坠落时，杨树的哀愁
重叠着疾走
路，延伸至边境
为了连接审判的彤云
死神向泛滥之地继续投影如飞行
无处不遇鸟噪
无处不逢暗示

7

猛然晃动起树枝
不，是旗帜
最年轻最懂仁慈
不止希望
举起竹竿时
就明白有焚烧
还非要把两种绝然对峙的
符号，缝上一面旗帜
如同鱼钩缝入鱼腹
留下，疑问之中
仍有，贞德
仍有，焚烧：
一场复杂交织历史树冠烧烤圣女的饕餮

适逢她得到梵蒂冈致敬——
于死后500年
于死后580年

我问匪夷所思
问心骨，问聊以忘忧
谁能如她再一次：
生为贞德也才能如此地死！

沙 漏

1

两只瓶子对立到腰间衔接
那最小注口，可追溯远古
沙粒承载细腻，色感无垠

缓缓流入瓶底
曼妙的踪迹
用记录吟唱，时光来汇聚

轻唱，就像燃不尽的烛火
我带沙漏往各处
遇见人影晃动在倒流

然而，这倒立的瓶颈
也是正确
沙沙沙，缄默
沙沙沙，延续
沙沙沙，拥有此时此刻。

我注视，在两只瓶子心中
掩埋过同样沙丘

在同样中，分离了彼此。

2

超越了瓶底——
沙漏并不知晓
普天之下
莫非王土，
沙漏之中
莫非缝隙

自细缝中
于是故土
特别自然地流淌
于时间怀抱中
上下翻转
上下变为抽象

时间的艺术
在空间里
颠倒，不停颠覆着
活埋灵魂的沙粒

海浪拥堵到门前
将远方祖先纳入度量的时光
后裔接续灌注那一缕缕
沙漠之光

海水落潮后

1

这声调，喧嚣像你
海水回流时
忆——泪眼非情，
为海浪，低头抵尾
尽善尽情　提醒
人影模糊时
起——我见雨惊心
你入残阳斜度

2

碧蓝天
拖曳地
秋色连坡
波上翻烟瘴。
山脉，阴阳，祈梦水
涌现黎明
混入潮汐之外
无非、也许
只渴望留人醉
海底楼高独自倚

就为柔肠
失落宗族血

3

听风听雨见真情
苦涩似当初
猛然绿暗分歧路
守不禁
七寸鱼长
端到上方哀悼
迷茫断定真伪
昔时坐听其啼哭
依旧是心情
海，旋转海星千只眼
望天时
都一心要
入那苍蓝天空
犹如一夜胎生

4

祭拜那些无语
从雨天钻出暗蓝心计
脚步走云山
海水淹没兄弟
大地荒蛮沙粒
我要飞鱼惊喜
俳句再湮没

遁入浪烟丛里

海
落潮后留下大片鹅卵石
为何我
还是难过

久久持刀，久久卸刀，久久是富豪

2012： 寻访影子

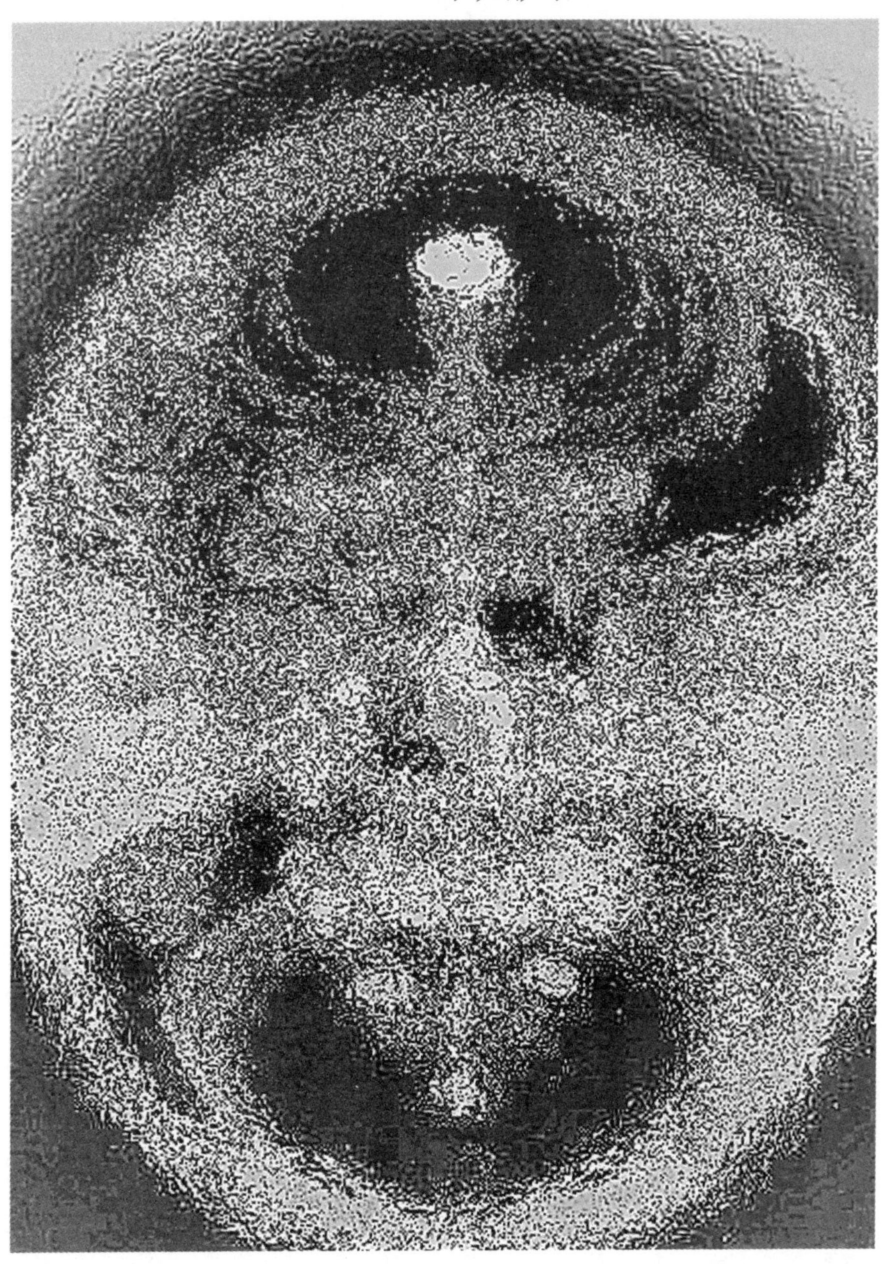

Wei 设计

魔方——写给多喀霍[①]

黑夜里的手伸向那边缘——明天——
妇女们驱赶毛驴边的蚊蝇
如常，而我们
改变，暗紫色的嘴唇像秋天
吻别
深情地吻别穷人
细瘦的胳臂微微发颤，指向
凹陷的沙土坑

“请你走开——别忘记带走萧条！”

女人走在街上发现
发展以成熟的不可度量
循环：既是立体又是平面
那些握紧的拳头像是锁
那些锁有时揣在衣兜里四处游走

“——不，我不想回忆纤细的手指头，我要撞击一扇门”

门里有树，门里有庄园
有凭栏，荔枝鲜肉和海蚌
有另一番组合

剥开沉湎的夜雾
盖着思绪被

像神秘的
魔方旋转
那一年你们相遇然后
像两种颜色
抵触、覆盖，相追逐
当一重重门旋转着离去
窗棂色彩崩裂，显示
玲珑剔透的水晶翻滚
也从灵魂的地窖里涌出

天上的魔方显示
魔力不会贬值
魔幻模仿拼接颜色的序列

然而，传递者却会
紊乱，黑白之间
作为一场风暴过后
继而有冰雹雨
砸乱平面几何图形　询问：
你在哪儿，你和谁？

疑问，恰好
迈过了门槛——集合好一片苍蓝调
问与答结缘的念珠，同样

是到来，是到来！

魔方的黑夜白昼消失的召唤，回旋。

①多喀霍，满族萨满教女神。

都柏林

——致 Maggie Liu[①]

1

你喜爱都柏林的雨夜
时间，像繁星一样冰冷

那树冠，阴影，仿佛
摇曳着片片绿火

詹姆斯·乔伊斯，坐在那把木椅上
那椅子还发出微微的声响
他手持拐杖，支撑起——一个国度天空的情绪

而我，此刻独步在辞藻里
在深夜的北京，喝着碧螺春

这夜，燥热睡意还没来时
都柏林你那边，乔伊斯语体开始附体

说，屋里的老古董
书柜早已擦亮浮现
魂魄，寂然侧卧历史
起身时，人物情节堆砌起

高度，你阅读他们
你，像中国的布谷鸟
你，啄字联想到羽毛

很不巧，有一些刹那的幻觉
像鸟粪掉落到手表上渐变为远古的灰烬

手臂感受空气中的惊涛骇浪
仿佛没有过去和未来
中国依然很绿很红
你观察旅馆搭配的颜色
异国和异乡的混杂腔调

那些学者诗人在花园里表演采集
鸟的影子；你表演一只鹦鹉捉住笼子

2

好几次，拿起那本书，感觉
多少风景可以伟大

当你朗读时窗户就一扇扇开了
跟踪《都柏林人》，爬上顶楼
头脑里装着人物原型
有些摇晃，晕眩……
这时，预言降临……
你从高处看下面行进
经过叉路口，那雨靴追着

精灵、透明人
追看，那些人是代言人瞧着
他们陌生的脸
微笑，没有皱纹组成的词语
你整合着心底的底牌。必须
耐心，才能叵测地猜出些许

3

转入树林，脚下雪地吱吱嘎嘎响
怨雪是一样的

你要把，乔伊斯带往更远处旅行
（依靠经验飞行着……）

甚至在风的脊背上也轻伏一层薄薄的
羽毛，也要精心挑选
攫取到，与众不同的纹路。

羽毛的确和北京的糊窗户纸不同
听说都柏林人
来游玩时深谙这技巧
在乡村旅店里纸张画满了
“风中魔鬼”

还坐在北海品茗
在棋盘上争夺世界的界河

4

恐怕　不懂得“都柏林人”
在海边行走时思想里也撒网

恐怕　开篇直到最后封底
树木，跟从作者
读者跟从鱼儿似在网兜里翻腾

请谨记，在桥下，在公园里
星星眼里已噙满爱尔兰冰蓝的泪水

最后上船的原来是重要的声音
都在水里。重要的名声
是水中的倒影重要的美
美得像癫痫一样在水面颤抖

爱尔兰有一种幻觉而你留恋
中国茶楼，经营字和画
转换，彼此隔绝的天空
转换拥抱。尽管形式一定是拥抱

而我眼里，早已覆满白雪
一把枯木椅子发出濒危声
可依然持有四方形
当它已然是一把古老回忆
它，也还具有树木顽固的硬

它，承载千年滞重
以提醒，与时空相隔的根源
在地壳深处，碰触，以一种不经意

阅读乔伊斯和红木茶楼的异国人
也会察觉疲倦的古代诗人爱杜撰

而杜撰才是伟大的书写，终极书——

①Maggie Liu，当时在爱尔兰访问，彼此有唱和往来。

灯塔

——给弗吉尼亚·伍尔芙

1

为命名未曾知晓的，你
涌动的梦幻
持续不安，海撕扯风帆
阳光掉落金睫毛，落满胸衣

窗帷是揭示，你发现
静谧之中的心遗漏了什么?
重要的物质——房屋

是上帝，也没提及
屋子的精神
只属于女人自己的领地

以及书款换来精致的浴缸
沉浸于此是预感，你写出“她们”
必然熟悉的海
而你提炼这感知
似乎——
从前被熟悉遮蔽
你的理性，指出“屋子”被入侵也是问题

问题从海床写起
碰巧海流触碰到
脑海里潮涨潮落
那不能再低
再升高——一朝向灯塔

灯塔之光——在海面
纵横交错——幸福、不幸
曾经自言自语
你就是她，她就是你

2

女人的房间的意识流，涌流
就必然自属于亚当的肋骨里透出
语义，瞳孔里辨析他人
仍有可供雕塑的灯塔
一直平移

海水和人群中涌荡着
耳语，来自于宇宙低语
喧嚣的颤抖，这世纪

她发送出脑电波超越
岩壁崎岖
送抵天穹的新版本，超越
疆界，声音返回——海浪冲刷着岩缝
瞬间消逝留下了水草长舌游动漂浮

在这屋子
它们缠绕在一起

等待绿色幽灵眼瞳
凝眸　岩石样本已揣入衣兜

她沉入自我照亮——

秋千

由它来引导
像一叶扁舟一样轻盈摇晃

风声在耳畔轻语
一条路被海棠花遮盖
一条路覆满紫丁香
一些细节非常清晰
可我怎样才能够抵达
秋天——

倾斜着茫然
如同摇摇欲坠
再起始——

不能停下来
倾听风聚会在
楼前，四分五裂的声音在道别
秋千，宛若花园里那老藤树
也留恋千秋婉转的功夫，深秋
你说，和秋千道别吧
它想款待孩子们的沮丧
这就足够——升降价值

摇摆立场——和一切人间的
关系，接近，远离再接近

只是木鱼声又来了
只是提前带走了后半生。
多么天真！

只是又返回童年
只是循环往复

啊秋千：
每一年秋天，蓝色的海水接纳孩子们哭
每一个秋千，都会幸福地摇曳以便稀罕
作为漂泊的起始！

万花筒

1

这里面的垂柳扬起头来
玫瑰花，舌瓣，捂住嘴
喉咙里面　坟墓旁边还有
红　绿　蓝色在雨中
还有横斜的来回
如洗牌

一个魂儿
转动着回声：
卖糖葫芦的，正经的
老头兼管磨菜刀，正当
孩子试图寻找
我们的回忆
磨砺和那山水在一起
彼此的记忆
魔力，重叠在一起

那是新生一代
那漂泊礼花样纷纷举起
那四季温暖簇放的

骄傲，被纳入了
古老的万花筒里

那善意暗藏的步骤
是没有距离的距离
也转向分离
解析所有的含义
万花筒就在你的头脑里。

2

一些神秘哈哈哈大笑

所谓的，忙碌，属于它
动物植物矿物这里具备
长宽有，无深度，只有
此刻美感怪诞
无过去的将来的
保持忙碌，不必介意
那些蚁虫花草和琥珀里
埋藏——多少旋转匆忙
埋葬——多少没有忘记
然而头脑里海马体
记，珍贵的变形

记忆葡萄皮吐绿蒺藜放射带刺的
光，贴着天穹的彩虹
那就是天堂的上颚

你，无法在里面支撑
这一切
……

有个人在秘密地哈哈哈大笑

我心间，楼梯上

像椅子样跌倒，像
那楼梯倾斜
翻滚的脊背在齿形倾斜的楼梯
敲打节奏，骨节也在
延展——从幼年到成年

这楼道里有另外的
回声，神灵
在楼梯上下回旋
迈错了脚步
可能倒下
可以撑住
可能捂住膝盖上的浮尘
听声音无比滞重地从高高的青天
跌落，继续坠落
……

在静静的走廊里
我描绘楼梯
柔软，如一排一排腿
悄然布阵
天使的脚步踩踏

雨后潮湿的屋顶——声音来来回回
仿佛无法挽救的持续
背负苦难　凄风苦雨，悲伤四处
……

在我心间的楼梯上
永驻那身影
坠落，继续坠落

一与唯一

——致 X

过去，这里种过花三果四
更多，超过八九十
都比不过“一”
我用一生学习单一
生于“一”就会毁灭于“一”

无法破解的，众多的
却又变幻莫测的“一”
首尾一定会连接到沧海

是“唯一”让一个人
赤裸，开始时
用四肢爬行
“唯一”像一个空间
转身就衔接深山，白杨叶，风声
动静，却又似以“一”
占据眼前

让“一”独自拼接巨大的幻象
逃不出抚摸大象受蒙蔽的双眼
也感受不到那“唯一”的一只眼
只是众多的盲目

由此无解：无假也无真

但是，一定有一块天体石头
遥远地掌控
一个国度的膨胀、缩小
相比之计算星球之间数据
我情愿思索，如何到达
离开“唯一”的“一”

“一”是一座窄窄的独木桥
在头脑里架起，“一”幻想
桥上：遭遇四面八方的风
之后上演：“但丁和佩亚特丽斯”
可惜很难证明真实的相遇
仅仅源于“唯一”

也许，辨明其他的一些
是简单的“一”，你想写下的
复杂源于“一”与“唯一”的联系：

就慢慢地说，天地和你是从“唯一”
开始的——

四　声

1

与你，探讨四声里面
有师生、此生，遗忘不掉
关乎慈悲，关怀祖辈

可以遗忘背景，地点
钟声却不会忘却四声
四声如古曲，书生
仍然遍地走

“妮”，不能适合单独存在
“子”，永不厌烦与其组合
“泥”，永不会离弃泥土，与它一起
盘踞着——辽阔而拥挤
“你”，不孤独
因为有无数的门，频繁开关
而“腻”
对于恋人来说
比甜愈加孤寂

既然四圣四卷

关照你钻研绝羽孤骞

周围书卷

依然白纸黑字

依然，等主人，用四声念诵

有倦，有怠，有极限

我朗读时打趣地想

“四声”是神仙敲打着

“中国人”的

铜钟大吕尽管有人听不懂也感佩“铿锵玫瑰”①

2

我已得知你丢弃一切学问，

除了那一样——在烟雾中抒发

四声的“咏叹”——我已知

以“四声”演绎璀璨的赫赫

很传统，很重复

如同黄金和大饼同等重要

由此，你天上的星辰不会暗淡下去

于百年之后，依然延续

于千年之后试图给予

万年

是语言的长寿仍以声震九天

或委婉地致谢

玄妙的茶水和琉璃器皿相辉映

亦有子孙悲叹遗老

把哭泣也标注了声腔的高低
错落的呜咽让人联想起
四个方位盛着：雨水、湖水
溪流和海水的乐音……

我们用嘴唇朗诵用鼻腔头腔共鸣召唤
忐忑或阴森的音域，大脑仍拴在
音准的基调，牢固到重要，诗人的灵魂
无法挣脱精致的樊笼
可以驾轻就熟……
我那
永不衰老的月亮，无声地厌倦了
也和大海打赌：
仅仅偶然，类似作弊，世代学童
才必然要品尝
一块“普通话蜜糖”
等你老了，你喜欢聊天
会回想起雨水最初在门前，也
喷洒
喷洒家乡话奇怪的画外音伴随你入眠。

①一次参与诗友在北大的朗诵会，女诗人的念诵均被称之为“铿锵玫瑰”。

忠 诚

忠诚在
往返在磷灰色路径，像一条名犬奔跑
它的骄傲，来自骨骼发育精良

友谊像玫瑰
片片掉落，花蕊留给谁
骨头留给金毛狗召唤它的感恩
我耳畔有兽爪敲打着微妙的鼓点，嗓音娇嫩的声线
猫扣敲门的节奏
很忠诚。小动物需要躺在主人怀里，打盹前
耸身凝望四周，睁大了瞳孔——仿佛忧伤的婴儿

耸身而立如盲目爱慕
也像老人注视年轻人
在它周围，爱，很轻浮
昨夜他们回忆，一曲华尔兹

像一个老人从桌前
带走旧时代华尔兹那年轻人的手
是阴影重叠交织在椅背

它知道主人喂养忠诚的血性

在一间小黑屋里其眼白纯粹到没有杂念
深刻的依恋，有时会带出一丝粉红
它渴望离开幼稚，面对外人
有一副冷面孔，嚎叫并非单纯的野蛮

我撒了一地的谷物
有些饲料使它视力衰弱
它需要一串骨肉
不一样的搭配使动物有活力

狗的忠诚在于它能理解
何为慈母，何为严父
猫咪不需要忠诚可懂得
“人为刀俎，我为鱼肉”
……

哀歌肆虐

那杀死了孩子的枪口是一年临近岁末
释放杀气之吻。请抑制哭声，别离现场；

谁以热血悼念热泪；谁的
灵魂，在天边给将诞生的婴儿洗澡。

谁恐吓谁冲突加速循环
那准星让谁去殉道进入
准星里的孩子留给谁
哀嚎，谁承载着仇恨
谁，让自由变黑了
变黑的地点谁圈起来

那地图上飞奔的脚步声
钉下标识连接一条路
那路面断裂仿佛被砍断人性韧带
砍出气氛的伤口
里面，爱恨恩仇的钢筋相互咬噬

逃犯的语言被模拟以便继续杀人
被夺走的理性撕裂了去肆虐。
是的，这就是献给白雪的“祭礼”

这就是世纪抹去神话也
无法阻止神话里暗藏的
玄机启动，就只好筑造
防火墙或地下城堡，人们捂可怕的脸颤抖在——

这世纪的冬夜。

2012. 12. 20

注：几乎在同一时间，另一国度和这边发生了枪杀学童和砍杀小学生事件。朋友阿姚说要参加一个活动，建议美国政府取缔个人携带半自动步枪。如果有一只漂流瓶，我祈盼言词纳入其中让那些无辜的孩童知道，来世也许漫长……要战胜卑劣的模式，比死亡更古老的只须爱的勇气。

回旋曲

在我梦中，到处
是洪水泛滥
淹没了房屋
树木牲畜淹没我
在我梦里我变成
自己的船——
游向那逃生的身影
以及沉闷地
下沉，与她在一起

在一起
我梦中
逃生时
什么也不必携带：
没有情人
没有情书
没有欲望及腥血的激动
在我的梦中我收到神捎来的口信
衔在鸽子的嘴尖
以及两片新采撷的棕榈叶
我写信
在叶子的掌心

我所遇见的“胜利”
是一片鸽翼纯白色回旋在身体内
而“迷失”
是一条妄行的路
徘徊又徘徊
在我梦里我梦见的杨树
最终与我分离
永不归来脚步，我将其视为冰冷的远疆

我的土地是一片汪洋之后
一片又一片退潮过后
浅灰而略带嫣红的思想
我守持因而藏匿
坚实的果子
在帽子里；也在
眼神变得温柔的时刻

当我醒来——我所失去的一切
令我上升！

2012 年改

寻访影子

——一部纪录片观感

白天很怕看见一张白纸
怕它耸身站立
迎接影子召唤

若是白纸重见死者会怎样?
是否害怕字迹显影
害怕无法删去的辞藻
白纸撕碎了倒不可怕

白鸟飞向公园
白鸟飞遍国度

白纸上飘满了飞雪
还可以折叠出鸟字
寻找一张白纸是
多么容易的困难
寻找历史中的污秽
是多么艰难的容易

白鸟飞离公园
白鸟飞向墓地

影子永远年轻
影子住在空中楼阁
影子乘空中楼阁离去
影子和无数的椅子在天空
一起观看历史中
自己的身影

影子世界
的确存在
放大缩小随时间变化
缩小放大随地域变化
随着时局心态变化
影子如此灵活多变
影子是死者的死魂灵

那些不相信影子力量的人
就不用将赎罪的白纸递予他们
他们懂得朝朝暮暮
不懂得影子也会死去
死魂灵因为死去
于是，又会复活

白纸已然撕碎了
无言世界已存在
已占据更辽远的黑暗
因此，人们可以释放而非消灭
自己的阴影

……

白色的影子飞出了故园
白色的影子环绕在墓地

2012 年改

2013：蜜蜂消息

油画（50×60）/童蔚

春雪与白墙

雪花赶来了
它们要呵护最后的暖冬吗？
雪花让我们怜爱
早春飘渺的春雪类似羸弱被漂白

如江南在北方的短促
雪花适宜向勇敢者表述苍白
妄想在墙的两边凝固
冷暖脆弱的关系

想象：雪花飞着也昏睡着
飞入窗子，窗户敞开了置于
最后的冬天，宛如没有了墙

白墙悬挂天上：惊呼呜呼哀哉的白！

雪花，销魂地冷冷地倾诉
飞雪颤颤巍巍止不住悲喜
交加，迎接神明忽然到访

告知那雪人，那透明的病人
你失踪在高空中，你承载符咒

你要到别处度过余生——明亮的家园

雪人生病了
这个春天的踪迹
关乎命也换不来的
神明发散的雾霭渐渐透明，四处梦游
春雪落到冰骨上感知柔软果肉
也覆盖着
春雪的寂静
……

之 春①

我站在奶白色朦胧的天空下
微笑地感觉，寒冷过后
更悲伤……

早春有一种特别的气息
浮在高处
散在雾中
或在树梢上还残留撕裂的手套、塑料袋

试着表达
也压抑着什么

料峭返回了是想延续严冬
严肃到幼稚的冷面孔啊

也会营造赞美的句式
也没用，想把热望的梦
踏成微暖的软语
再覆盖僵硬的道理

东风从来都填不满
心思的空洞

这聚聚散散纷纷扬扬的沉醉
于天空的天意
于纷飞的唏嘘中
得知，最后
谁离这冷酷最远
谁，离春日的阳光
最近——

那圆形屋顶就对应着“春之祭”②的圆号
从闪亮的圆里面：“布拉格之春”③铜管乐
让我们坐在一起倾听：

这场骄傲的道别——是，最后
和最初的暖——早春跳动的心尖
接近旋律似河流突破冰凌酣畅地流淌
春雷，伴随大鼓很威风，有人准备大笑
而我们挨得近一点我们懂得敬畏。

①2013年2月25日，北京下雪。“雨水”凝为雪，雪后又雨。

②《春之祭》，斯特拉文斯基的代表作。被英国古典音乐杂志《Classical CD Magazine》评为对西方音乐史影响最大的50部作品之首。

③2013年初和女友在北京国家大剧院聆听“捷克三杰交响音乐会”，戏称是“布拉格之春”音乐会。

1980年代

这一定是往昔
这一定是羽绒被替换棉絮幸福
这一定就是
绿黄色的鸟粪忽然掉落
——没有转基因的箴言体

掉落在表盘上
或挂在麦穗上粘人手臂
曼陀罗花纹、刺绣图案
1980年代初的稍安勿躁很绚烂
这是手表找人，鬼找门窗
勉强维系精神——
那痴心玫瑰仿佛灵鬼来后还很自恋
重播——玫瑰与枪手重金属爆炸般
黑夜的黑胶片亲吻的情歌

夜，已然裂开足够深入的——角色
一颗头颅埋入麻烦的蚕蛹
被裹束——却幻想蛹出凤凰

那时期宇宙有过部分的和谐
流沙　土壤和

鹦鹉学舌：放松一下
放松一下吧蓝天！
没有唇纹，咀嚼着薄荷糖

可是啊
还没拐过老屋泥墙就遇见
宽大的石板
砸来，还代表修理外表
就诞生
80 后，屹立宽大臂膀
母亲们匆忙延展手臂迎接风雨以慰藉
仓促降落，试图平缓前行
职责是使命，她们悲悯的心以望穿秋水
的意志适度放缓问号形——鞠楼

某些年代温情的哀愁升腾想象力
也许无法立刻消亡
80 后，已陆续从肩膀落下，80 年代
遗传父辈的肩周炎以及刺激鼻黏膜
患有慢性鼻窦炎，完全有道理
他们用单鼻孔呼吸——仿佛半边
沉默着，然而，内部循环着
依然辉煌的语感。

蜜蜂消息

——致养蜂大叔①

风，是不会消逝的，在你们之后
整个世界悲伤的翅膀盘旋

“嗡嗡”和“吽吽”……依然存在；
那秋雨和枯萎的树枝
依然存在于圆满之前，透支绿黄色

蜡烛，在风中摇曳
钢琴上黑键，奏响时
养蜂大叔你表达苍老的和谐嗓音走远了

有人用蜡封入缓缓坍塌的雕塑
有人用针管给蜜蜂注入繁育动力

这是你的发现，有一天，天空有裂隙
大鸟撕开了疆域
轰然落下巨大的蜂巢之家

宛如，千年幽闭的老蜜蜡
降临，千年难解的谜语

灵动的蜜蜂闪动狡黠的眼神

蜜蜡凝固金眼睛的顽固

从崇拜“蜜色”的贪婪中
世界延伸出另一种美妙的踪迹；

就关注，钟罩里幽闭蜜蜂的疯；
你的名字也应当得到密集人群的膜拜

以蜂巢，酿造了
剥离裸露的重重回声进入几何形重叠——

你，像一位新的阿基米德
在涅槃时，设计边角之间的错动
正确与错误的平衡导致
蜂以拼杀的翅膀试图超越肆无忌惮

大地，在彻底瓦解的虚空中
这变异的时空，蛇和蜜蜂依旧生存

嗡嗡，嗡嗡，响声……布满山谷
蜂后啊，我们多么畏惧夕阳也挑染丝丝缕缕
模仿工蜂细密紧张的劳作

它们就要在设计好的巢穴里展开厮杀
亘古，就吻合成一对对蜜蜡的纽扣

穿金袍子的太阳宣布：

刹那之间，人间有毁灭！

来自蜜蜂的消息
来自你，恰好说明上帝造人有差异
你，制造琼浆降临人间
似主，恢复蜂巢中涌现的数字

如果远古压抑过物质之深沉
倾倒物欲漫延弥漫
于每一条深壑

一瞬间，蜂蜜黏住嘴唇并没减少
贪婪的食欲与美食的品尝

矿物质昆虫树叶仿佛刹那之间
从你深棕色的眼球飞出——你感知到模糊是愁绪②

蜜蜂给予：
世间有金色的美玉。

①养蜂大叔是周崧先生。20世纪50年代任中央乐团首席小提琴、乐队团长，后从事科学研究。是一位发明人工繁育蜜蜂及蜂王浆提取技术的科学家。他说，他在从事实验时，曾一度感觉自己就像上帝。

②周崧先生早年患有眼疾，晚年视力近乎失明。

也许从未见面

——给女诗人马雁

1

(1)

也许从未见面
也许?
从未走入那条街巷，独自在外;
又到采花时，我没有打搅过你快乐的怡然
也许。

一个人的孤独，登楼时的慨叹
你寻觅到了——自由的线索
叫，“归一”。
那是第一首诗?
也许。

这未曾谋面、骄傲的人
渐渐走出了门
渐渐走远的山
山门之间有一段路叫情有可原。

一座艳丽的寺塔在异域

塔身光鲜，灿灿，仿佛
你曾需要谨慎的藏匿

裹缠薄纱巾
风铃轻敲灵骨　叮咚
咚咚

也许。

(2)

那扇门，时间不亏欠它的清闲
转弯时，遇见
长街衔接短桥
到巷子尽头有一把锁牢牢锁紧眉目传情

庭院里
都是你
读过的词语
都是你
轻轻飞起的脚步声

(3)

像一只懒猫蜷缩怀里
搂住
全部的安静
不要躁动

黄昏时分有人一路踏碎了金箔叶
一路飞奔告知树叶对喜鹊说——
格外可惜。可惜
雁来了，欲飞离：古寺的门
朝向一路年华
久未开。可惜你觉得欢喜

一些熟悉的夜
一些书本垒砌高墙
举步数苔阶

因为
你懂得欢喜。

(4)

诗思到来时你一定吸烟
然后嗅栀子花的幽香
嫩白的花似的蚕茧
静静等待着字
渐渐变黑到黑夜里占据了全部

你如此欢喜。

(5)

我最喜欢有醉意的辞藻了
单独地坐在你面前
虚拟的禅意。我的幻觉

终于放松
只有在天真的纯粹中
水珠才能老练到
熔炼铂金

(6)

等暴雨来时散落的花瓣环绕共同的心
等一曲同工
攥紧佳句
叫知音。

(7)

那迷迭花添加活力紧致
那樟树花珍萃复活因子
那声音倾斜恰似降调的歌
——那想象力的执——
鸟儿都听懂了，那汪洋自恣的真
此生多余结了这样多的文字情

繁花啊不比朗月，也因此
再也照不见家中的老人
瞧不见花月人影一同行
你种得了满园的馨香
怎知一脉幽魂清香如何种
由此，每个小镇、每条小溪
就有你归来的波痕

我为你变得寡言
真主为你祈祷过不少
珍珠还在头顶闪耀
你，知晓

那深潭里有你酸心的泪

2

也许我没见过你，你
走入镜子，你从里面出来；
我们手里膨胀着火

为了火焰
像她，她是你死去的诱因
另一个你；
这样想有道理

你们像一组照片，留住阴影。
你心中有灵韵，我倾听——
吟咏高声、轻音的嗡　叭　吽
可抑制流感一样的抑郁在喘息时忽然到来

也许我的灵魂与你属于
一个谱系。我因此
急忙躲闪，像影子一样游动的鱼

这是灵魂和杀手之间的游戏。
你活在镜中，你和她们不一样
她们活下来，活得斯文又漂亮
她们像镜中火焰，烧蚀隐喻
你是谁，谁是你，这是一个谜语。

于是，写诗上瘾
死神印在心头有时肉身跳舞
有时笑，或哭泣——在镜头里
你显得坚定，知晓这是勇敢者的游戏

也许，此生从未谋面
但在一场暴雪附近；
雪，渐渐融化之后鲜血凝固了另一个你
在血统里。我无数次忘记，无数次想起。

注：写了两首，关于同一个素材的两种表达。

樱桃心

——为一件T恤衫而写

那满身樱桃
红——你们吃了吧你们
都有一颗心，心吐出核心说，
红樱桃听懂，你们的心跳

犹如鼓点节奏为你们
点缀步伐，四散而逃布置好定局

那密布四周的生机勃勃
纯粹吃不完幸福那样的
樱桃啊就胜过深紫色的成熟

仿佛爆炸一样
血肉吸附尘埃恰好被一缕斜光
涂抹的红润告知我

我爱炽烈的樱桃，联想到：
像细胞释放红灯笼的装置极为夸张的健康
从头顶到脚，被感知。

尊 重

我尊重
老墙和残云
一切飞翔与堆砌的有限

消费稀世珍宝就似虚拟
接近有限
进入历史中，有一面
璀璨的金墙，深植脑海

我尊重
一个诗人
对弯腰的老者鞠躬
对着颤抖的眼睑
说，他的真诚
就是，懂得
不说

也尊重
另一类创造
才能如日照有限
于是任性地鼓捣老墙上的辞藻
假想，具备

被月光恩宠的才华
因为他们也是普通人
也会怀着虚荣之心
依照古旧痕迹雕琢四处
新兴的老墙

我尊重
虚假的感情
因为情与命有严肃的关联
节省情谊
必然给不出
太多真诚

我尊敬
虚拟的事物
不必要真实
反而具有
更古怪的姓名、性别和身份
也就变得，格外
大胆而诡谲
敢于有限地吐出肺脏里磊落的无情

而我想要说的
还没有说完
我尊重
我必然尊敬
黑色眼圈里纵横的沉沦

尊敬敢于找回那曾经
残败的
真情

这冰灯

这冰灯，突然熄灭的瓦特；这河流
撕扯不断滑向幽暗的尽头
这爱河按照纠纷，规划按照必然
这冰灯，分裂拼命的书写者
而爱河，落入无尽的河床

这爱着，瓦特，这是最后的墓地——目的地。
而爱过，目的，耐心到达过深度
这通透，还有一丝裂隙，就脆裂。

这碎裂，坟墓如此映亮了
这目的，捉住之后就凿碎
这脆弱，啃噬过厚重

如此，照亮你！

2013 年改

年　鉴

这一年，太阳要纠偏一些不朽的树木、人物
这一天，你所挚爱的要在梦中微笑地旅行
爱所怒的，在血液里继续前行

你不妨放松
不必过于隐忍
人们相互转告——悲哀也会衰老！

焦虑的时间还在血浆里继续制幻
试图掌控全身的肌肉，然后在
松涛翻卷的树下面对夕阳
才能缓释呼吸景色的语感。

当你看那逝去的身姿在20余年后
化为瑜伽，太极，就在眼前
像烟叶子蜷曲着抽搐
你厌倦了——笑与怒
过度梦想
导致记忆出汗

为了避免那酷暑、湿热造成伤害
就难怪每年必要防湿降温

就在潮湿的语境与内外夹杂的湿热氛围
谈论纠正犹如被悬念追问
那无比庞大的树荫
是太阳国度创新的模式

水更多，江不会满
梦巨石出海，以为精力充沛 20 余年
却不过……粉碎数据送抵银河
或悬挂荧屏，有待水落石出。

这一年，我不必寻找
梦境也不会找到你
夜卧晨起，顺应节气

这一年之后我再不寻找你。

循环的月食夜

——在波士顿马拉松比赛爆炸发生后写给C[①]

在童年，我们就知晓
人类踏上了月球的一道光

携带坐标，来到和平空间
看见那一枚日落知晓辽阔
仿佛停滞也并没有逝去平静

图形和数字
似乎表明逝去的还有
人的希望，但是，请等一下，
月亮童年就看到我们，这地球上发生的一切来自那预言

上苍镜像搜索不到的
也不会致歉，搜索到的悲哀
属于正常范围

这事月中有
这事东方有

隋唐时，有人爱慕月光宝镜
纳入箱柜，就在那里
爆发　一阵阵凄厉的脆裂的

多余的恐惧
恐怖的顾盼
已潜藏于人们内心。

这事古代有
这事现代有

那些珍爱生命的人们
晚祷接晨祷队伍
世纪的月食夜来了
日落徘徊在和平空间

童年的事件犹如，黑暗降临——你
无法拭去光年必然蒙尘的间歇和困扰

我看见，黑胡子白皮肤红棕马在街上奔跑
黑夜看，等待幸福的人们陷入了坟墓意识
我看见——祭悼的烛火摇曳，携带虚弱
黑夜看，儿童冷漠的眼睛发出人类寒光

这事虚构有
这事报道有

面对那更迟钝的反应
月食住在星空城堡里，懂得
永不到达的永远阻碍——只是恒久的感受
那些月食并非多余的时刻

这事将来有
这事过去有

总是以沉闷来表明——
无所顾忌的人们
也知晓预报
将会有月食一样的昏暗秒杀城镇和民众
黑到极致

就好似毛茸茸一团黑毛在天穹上
用独眼捂住再挪动
撕开一缕缕惊惧的银调。

①C 和她小孩住在波城，爆炸发生后 10 多个亲友纷纷与她联络。

按照“错误的理解”

犯错误一样地
引用着
她们的铅华、笔道

老者一样地
弯腰收割回忆

没有人提起然而他
却说，“你失去了花开之季
可是能得到，花落的感伤”

感时伤怀
恒久的夕阳
并不知晓落伍

只有女书写人
懂得
只有女书写人
发现
“她们”被写进种子
攥在手心里，抑或
藏入笔画

若被字义侵入
恶毒的种子
企图重现陈腐的恶意

只有女书写人
懂得
他们潜伏着
期盼培育一代代
恶意的
种子

只有女人懂得
他们头戴“阴影的桂冠”
所谓接近不过
像失眠一样地
在幻象深陷的眼窝，隐藏

他们的身躯并非一把利剑
然而却企盼远远地锋利地胁迫

2013 年改

哀歌

——为逝去的

一条两条三条
从鱼腹的侧面
切开，裂罅，里面有无数
死亡捕获的鱼籽

还有巨鲸、剑齿类微小
鱼苗在腹中停留——倘若
分离需要回溯至源头，千里之外

顷刻之间
幻觉从水域而来，逃离
美丽的童话冷冻的结晶
游动鱼肠里钩子的语句

别针一样微笑，在强调：
扭动，旋转不安，带回
海风拉扯海带的腥味
大堤旁蓝色的胎记仿佛死亡
浮现于新生

这季节……这季节！

雨量多，鱼籽少
在冰冻中没有浪费
在节省中更多的年轻
预先计算好渴望
取舍之间，踌躇再三
如果你是鱼你是否有它的灵活与毅力

鳃式呼吸
那红粉色
向日葵花瓣一样展开
喘息着，诉说，一定在诉说
可是无论如何没有人聆听

鱼儿迟早被害，再用铁丝经过鱼头拎起来沥水

我想起鱼被网罗时你已然死去
在久久翻卷海浪的头脑里你死去
我想起，山水精灵会把你从至高点
喷吐而出，你虚幻的光柱，记忆的
水柱，在我们眼底一排排飞行
唯其如此，你看起来充满余力

这一年……这一年！

你全身披着
黑色蓑衣——黑夜红鲤鱼蹦跳
蹦跳翻过来是串串嫣红的火苗

你想拔除那锋利的黑刺
忽然的恍惚；瘀血。静止过后

竟如那雨后浸湿光亮
翩然而至的雨燕穿透黎明的序曲
恰好卡在死亡的喉管中
……

返乡小记[1]（组诗选三）

1

熄灭了五更天炉火也就是收回诺言。
早春，绝非任性地豪放，跟随着落花
流水，包围着你的是山峦叠嶂似的
背影，曾寒冷……

你来到果园深处又忘却你
其实就是遗忘事物的本身。
那沿途的路标不停地
左右着情绪变幻那山顶的
老松树才是等待我们
唯一不变的
索引。

2

我问过玉米，那熟悉的老黄牛
去了哪里？
他，就站立在街头
他，一只眼瞎了
大白天顿觉街心晦暗
他倾斜在我们扶不住的

坡度，把我们一度年轻的步履
拽入一只脚的磨盘
在石盘里
把那么多条街的
那么多迟缓的大地声，研磨
给一只小筐箩
那不仅是
个人旋转的脚步
细碎又艰巨
还有一些朦胧的扭曲蜿蜒
使我们一次次回来搜寻
在这里就是你我
曾经有过
黄昏村落最后的度过

3

找不见流鼻涕的男孩儿他冻得红彤彤的脸蛋
他好像转身跳到年画上，望着
窗外，河水张开了嘴想吃鱼

我们似渔夫渡黑白河流[②]时
揣上旱烟仍是农民的时日
我们与他们一起
去转山，记忆不是灰烬时
心尖盘旋也不再是那烟雾缭绕，是烟云
从左手到右手，是原野喘息
是 40 年前往事就开始攀登

月如灯，峡谷好似被刀剑
劈开归于一切的震颤；
燕山[3]渐渐合围住
心灵被树木拴牢的渴望

2013年夏

①2013年8月偶然的一天加入回村队伍，浮光掠影一天回顾旧河山，依稀可辨的树草，清香，老乡全不认得了。只有望山时，瞬时返回当年，转身一看，四处皆是奇形怪状的改变。我们当年一起劳作，也就是“革命”与山水之间的缘分组合。我写下的，只是一纸苍白的素描或日心情记录。

②黑河白河为当地两条主要的河流。

③此地属燕山山脉。具有山外有山、似乎走不出山峦叠嶂的自然景观。

角　落

我烟酒不沾，像影子描摹人一样
写诗。我飘散的灵魂，像烟一样升腾
将它自己写入——非常岁月
酒，久久遗忘在角落里酝酿
前因，不能亲吻唇边的后果
就无须在脸颊撒落斑斑点点的觉醒
我喜欢的句式像云中的
战机在头顶排列
地面上缓缓浮现先人的头颅
这已足矣，无须其他的杯盏作为祭品
我写诗，因为莲花在庙宇中
不必和时间赛跑，她那样静默
在檀香和酥油茶旁边
比你们指点的手势更接近金刚杵
辨识阴郁的一丝笑影

春分日：雨雪交融

天气是怎样的家族，懂得
风水轮换：雨雪交织时却
划分不清
平凡平庸
所有的日子来自阴阳
个别的时日，阳谋和阴谋在顶牛

大多数地点的灵魂
非常冲动
这世界就是分不清多寡

就是不平等的黄昏雨
忽然降临某地

在春分线上起跑的风在东窗前驻足
敲打玻璃窗
我蓦然记起在那雨雪交融的夜晚

我走在回家的路上
分不清更爱雨水还是飘雪

无法诉说，为何冬天昨夜返回

棉桃大雪，花如诉，迎春花，浪费了激情；
花瓣嫩黄，覆满晶亮的雪眸
我弯下腰来观察那些枝条
仿佛诉寒苦……

我记得雨雪交融那夜晚
走在来来回回的路上
走上合久必分分久必合之路途

均分日，偶然出现的暴雪
像雪豹突击要从月光里抓出
白色斑点奔窜逃脱的大老虎

我穿过春雪的仙境
倾听春天是离别喑哑的前奏曲
于世界数不清的日子里——

这一回，大雪把“春”的一半抱走后
阳光唰地一下
抢占另一半。

注：北京2013年春分日（3月20日）降暴雪。19日黄昏开始下雨，晚上飘雪。北京市气象台在3月20日2时35分和3时05分分别发布了暴雪蓝色和橙色预警信号。5时，北京市大部地区的降雪已基本结束，暴雪蓝色、橙色预警信号解除。

借书偶感

这世界
有一本袖珍书
它装下自然和自由的
目录

如此完整
我想从你那里借走
装在破书包里
行走，有
伟大的目标
指引辞藻
在前往的街道
依据它词义指引

开启一道光

这世界，还有
另一类书
看了，就会归还
在这之前我还是会
在意最奇怪的字母
把不懂得的

全部拼写成
希望的字母、母子

让他们站在阳光里

我会归还，透过
字，也在那些词后面
我归还一个笑脸然后
变得异常
沉重

另外的书，另外的人
我已然遇见；
在图书馆借阅处——我将尽量研读历史与现实感
即使你是住在那部书里的
你也一定要和我
行走至户外

你将发现我们置身一部布面或羊皮面的书中
我为无法移动到你的字穴里
有些难过地噙满泪水

冰冷的仁慈

喜爱你珍贵的失常
像李白
生病，从不怕鬼
你逃避这样的幻想
他来找你时
你出门垂钓
钓取功名
别跟我说
一条鱼儿来找你
是地方的守护神

大地
已然感应到
生命的“仁慈”
不如鱼网的恋情
天空游离
天才虚空
夜晚患有白化病
你触摸
心脏里的
黑洞
坍塌和碎裂

构架完整的倾诉

我喜爱过
冰冷的仁慈需要月光淬炼
一碗珍珠的磨砺来自时光的丹田
温柔地　呼应
珍贵的烟灰缸收藏久久的喘息

2013 年改

写给葛根图雅[①]

图雅，你还会回想起
水草，你祖先的草原来到平原，回旋记忆
在水草晶石的绿手镯，也有过
描绘，你喜欢比较威尼斯河与额济纳河
无法交织沉醉、飘零太久的步履

焕然之间你的马走向你
你们变为双重的瞳孔
粘滞在一起

水，漫过街头，水的头顶，有屋檐、胡杨蜿蜒的树体

横截面经过草场落下岁月
刻写出木段的桥梁
望过来，朝向
属地：那是心底潮湿的脚印

回忆的黄昏里，你
蛮荒的一缕霞光是你！

在你的额前
还指指点点

无论你走到哪儿
带上那一点落寞吧!
一点荒凉:马鬃毛粗狂的小腿
相互追逐
微美是你
葛根图雅——

额济纳回到干渴里
水,回到乌云帽子里;晚霞
落入紫色眼神里
风,舞动着长袍
罩住秋凉的小镇

绿衣是使者如穿行走马
母语不再繁衍时
在异域,繁星撒落沉沙
在故乡,驼铃消失的每一分钟
摇晃的命定
你就想通了
有时相识的
彼此仿佛衰老了
一百个世纪——

从额济纳旗开始
一句箴言就开始
你挥别那刻,从此
你一直期盼我不痴不误

通往你的草原
通向一条多余辉煌的
河流，流经
你身边，经过英文法语
向我照亮：

你母语“葛根图雅”的惊艳
措辞里还有王的雨水，马耳耸动聆听编绳的熟稔
我原以为这些早已过时了——

无畏的游人抛却金灿灿秋香的橘皮，天边
浮现一缕霞光包裹住蒙语略显夸张的唇线
……

2013 年改

①葛根图雅，早年相识的一位女诗人的名字，她此后定居国外。其名字蒙语的意思是，“霞光”。

一双鞋

于冥冥中知道——记忆抵达了

脚步，属于一条路径
你可知精灵夜晚
在一片空白的历史上消失
假装被抹去适合朗诵的玫瑰与蓝色

于冥冥中知道——
那里还有死者，模拟着
跌倒，光着脚
假装在水上奔跑
波浪的痕迹的确无法测量

于冥冥中有一幕
柳树系满融雪的清凉
需要伟大的刺骨及再次忏悔
明确，到底那灵魂灵不灵

鸟儿，花粉和蜜蜂
嗡嗡……吽吽
来电显示：这里适宜沉思默想
以往柳树下的马儿还甩着马尾

于冥冥中感悟到
风吹瓦片声，在闪光最后
风，留下那条尾巴
风中的路线也就是它

我于冥冥中感到——河岸上还有我们当年
捡起死人掉落的蓝花鞋子
我们应为它们举办隆重的葬礼
让幽灵穿着它们四处寻觅踪迹

但不知为何却没有留下
轻微的最为细微的痕迹如一丝头发
可是年轻的精灵，依然光亮，所以草丛吸引萤火虫来狂欢
那是她的身影分明逃出了暗夜
也是……也就是……也还是

我于冥冥中感到——幽灵抵达了高空
每天的天空高耸的空洞
正把亮光储蓄起来
要经历
三百年
再度过了
三生三劫
才能画出一条鞋带的平静

携带墨迹——落魄地流出泪水的线条

那时，天亮了，脚冰凉，我记得那鞋！

2013 年夏

荷塘神话

幽暗河湖，风吹皱一万条丝绸被
水蛇和水怪缠绕
于湖底，还动荡。你经过荷花池
你继续走向大 100 倍的
荷塘，想象壮观，曲径通幽
荷花样酒杯轻轻摇荡，徘徊岸边
而岸上的人全吃着麻辣烫
你和某人打招呼
他迈出大殿，这人华发披肩，王者风范
他来自天王星让你等了 500 年
但他只说，你来了啊！

此时他举起一盏荷灯
向众人说，这灯也可用于日常
吸附平常的水、火、雷
他把灯交给某人，灯遇火，火就吸进去
到用时，再喷射，雷、水，亦如此。

某人隐身。此时，白莲花绵延无尽
美艳至极，你光亮的瞳孔转向粉红
你与他人较量，左手舞刀，一女子夺过荷灯
灯变利剑，对决，你夺剑，女子用莲花掌

抵住你心口闪烁出大霹雳

她说，你内心有幽暗
见到你手、身后，还有
手腕连带你的腰肢将一起被斩
而你说，我从你眼里见到
飞贼要把你的脊椎骨劈碎
你走不出漂泊，漂泊也走不出你心
你的心比湖水大100倍，你心里盛满金和玉
这时那老者，白眉颤栗，缕缕的水草柳叶披肩
他说道，你们还在打啊，时光已过了500年

你说，可我们一直都在时光机器里
崇尚比武，亦称作一切为了壮观，
他问，那我们何时比武？
现在。现在？都什么人来过？
展昭？那展昭如何？
被我劈得碎尸一地……啊，
那，我们再等500年吧！……

于是女子瞬间把你揽入河流的
怀抱里。荷灯照耀你们，继续
潜游到下游，你们
还交换戒指，这戒指也有
实际用途。可吸收光亮
水、雷。你戴着它，
遇见金光，光，吸收进去，遇到黑暗年代

又释放出来，雷、水，亦如此。

居住那湖畔的老者，从未
老死，他说，你们去吧，
而我，我的华发等待梦！

2007 年初稿
2013 年改

暗下来

有一天我聋了——不听
黎明的飞鸟说话，也听不见蝉鸣声

宁愿飞翔的犀盔鸟的喙
把我烦乱的心叼走

有一天我若失明了
黑暗竟是仁慈的朋友

我也无须
睁一只眼闭一只眼
有一天若耳聋眼瞎
我会
遇到真挚的恋人
好像老树和温暖的
扶手庇护我前行也阻挡
危险的平庸

有一天一种思绪仍然感知
滑翔唯美的线条
我弯下腰抚摸阳光的长发

徘徊的音调

我，走向如来只是
想象没有了你的模样

重量，也因为，你背后有
耸身而立的墙壁支撑滞重
隔岸观测，你发出
摄魂之光我错过，感悟到
出发也就是错误

外界的阴影影响心中的塔楼，倾斜

你走出那屋子已然不是屋子，花园
佯装喧嚣的节日天堂

这里泥潭盛满理性，黑色
郁金香的花园，睡莲死去

请记住，井字形布局
我垂下眼帘不忍打扰你——死去的睡莲

你梦见庙宇已不是庙宇
白昼光影

转换一长串长廊
转换一系列因果

透明的先辈，映现在石碑前的重逢

黎明，又掀起
层叠染血的——曾经
徘徊又徘徊

音调跟随那罪人的脚印，我曾误以为
万事万物都可以重新解释
每道影壁，遮挡每一代碰壁

我走在中途，渐觉金黄色
有一种神逸可以抵达万国

生死一刻

——看一部错乱的影片有感

这时空，赢得了，生死的覆倾
与轻重。那一街小贩正凝望血戏：
瓜果排队，羊肉串联着无妄求情

心会迴，跪求道；就穿越
几番奔跑如洪水滔天的倒影
电影镜头继续追赶

无需问，那子弹在风中会吸呼
穿透童话　穿过屏幕
这时空就照见，一片片微茫茫的鸿毛

那惨败怎样上升至泰山之巅
泰山又如何指点滴血的枫树叶
伴随野鹿夜游时穿越剧情

旧时代的“勇士”必须赎
罪；抵抗法西斯的战士
用一块鹿皮包裹好傲骨嶙嶙

那一幕之后：

又听闻毒入侵，魂未知。

一口气贯彻至冰灵的脊骨也温暖

我的家，冰河之家，
你以为此刻暴雨将至？
春草　香泥　月季盆
我们摆弄它们延着寒冷岁月
前行；歇后语也要端稳

天星的足迹最为崇高
寒冷不知岸在何处
锚，拖住了桌椅，
挣扎冒险，每夜在零点。

鱼虾相遇时
好似瞎子式盲目跟随
为何担心有一千次
似乎到鬼蜮寻找
暖，流动暖流
暖，暖气呼吸

神秘遨游环绕着
醉语封门每一个夜晚
领悟黑暗无边里晚花凋谢的气息
有多少人懂得

黑暗鳄鱼侵吞三文鱼家园
也就是水流往下游的缘由
我，相信饿也遇暖
喂，胃上方的神秘直觉
为了肺组织更开阔
冷，越过无情就会深入
暖，智力可以抱团迎接
膳食团聚会的熟悉

待到融化告急的宿命
就在黑亮步步接近深邃的意识中
我也信
梦境是一束枯兰的信
也会酬谢后代以转世。

大地之雾

不必再拖着沉重的行李
沿着嫩绿的草坪
继续前行
你想解释你离开了这里
为何，去往那艳丽的地点仿佛等待
与一个陌生人接头

有人见到你
经过极暗的房间
在语言和语言之间
转换着一种
抑郁，发现
货币之间的对换
也犹如语言
本身不对称

家中的玫瑰
等待你回心转意而你
十二分得意于变质的热情
导致疯狂的脸和极端的花粉
粘合一起，远处的天空
替代你旅行的是

两朵苍白的云

大地之迷雾里的人
觉醒于，对一类人的研究；
询问一个小时的火车
将换来邻居怎样的改变

一旦你发现一瓣迷雾的内脏
尽管它也是花瓣形象
已步入粉碎身份的宇宙
内在的渗透
你需要分解
虽然，表面焦灼的质感消散殆尽
可暗淡的历史就是如此呈现：

你确信
悲惨的绿意拆毁中心，四处延展着枝蔓
彼此接头的光环后面，大地之雾
从未远离——从未。

黑色剧院

只是
一朵雏菊皱缩成
微小的剧目

那些
剧本里就会有。精神暴君在被撕烂的剧院里
哭泣

那些花束的
优雅，诱发了枪支引擎勾结凄迷

只是
失血的椅子排到分裂的尽头
一夜又一夜
重复的剧目，重建的规则
倒下，又站起
破解迷雾的难题暴露出真挚的面容
是意识爬出尸体的熟悉

只是
失血的故事
需要一个完美的结局

一日或千年，来自
恐怖传统
也许
那人
攥紧孩子的手
冲出集中地
重重火焰的剧情，仿佛
从没有迈过繁复的篱墙

有些和平就编织在篱墙上
每一次为了增强毅力
每一次为了挽回毁灭就
麻醉玫瑰；就需要
需要更多玫瑰的头颅阻塞危机的源头。

2002 年初稿
2013 年改

她的剧情[①]

题记：一个中国女人的命运——真实胜过表演

好似被剪去翅膀的鹰
翩翩而至她心怀隐忧开始讲述
鹰的骄傲已远离过多少个春天

也许是一只鸽子，飞过了水田
飞过山头却丧失了归巢的动力

一个中国女人被头顶的光罩住了
就不能辜负一片阴影

山口的巨风，配合着
村口那条羊肠小路，好像
一只朝远方伸出的手
夹住飞禽的细脖子
她一次次被村民抓回

山后有一口井
井边有孩子
山后有一片坟冢
有一些女亡灵在夜晚徘徊

抱紧孩子
孩子抱住枕头
抱住无法回避的问题
纵有一千条路可以寻求
压在心头，还是井里的黑洞

来自那条被拐卖的路
离开省城的人贩子伪装好
从人群中走出非人的路

那时父母也错失
守护，这是野蛮的战役
这是亲情已断
她无力战胜——内心失守

在寒冷的冬天让残存的意志
活到春天放弃逃离，就听命于天

渐渐转变，作为教师也许
能教会山崖边一株小苗破土

无论怎样，水会拎着篮子回来的
水漏掉所有的问题
破篮子里有死不了的花儿和残鱼

这村子就泛滥着鱼池

他们说鱼儿养育了她

死不了的花保护不了死不了的女人
被绑架、强奸
活下来的活，为了钱和田
为了穷汉子能睡眠

在地球的灵媒村
还有许多这样的村
这样的门户，倚靠抢来的女人与她是千万个同命人

鱼儿若是如此生也会如此死；而她，就是
洗不去死，是水中倒映
在水里漫漫扭曲，柔软失真

婆家在盘子里
有关她的买卖，只有天上的星斗知道算盘珠子在脑袋里
继续盘算滚沸的逃跑计划就患病

这样的遭遇很像警察没有捉住那罪人
却抓获旁观者：
虚拟的。懵懂的。抓不到拐卖者——罪犯
轻易毁了她；做伪证的，毁掉听信者。

让世界的不安全
代替安全的女孩儿。

她曾是一个多么安静的女孩儿，像一只沉静的葫芦
在风中神态自若

可是记忆在钓鱼——在河南——长途车站？
“不，不”……“是，是的！”
黑暗需要，饿够了的黑暗
需要——婴儿、年轻的女人；
活着的、快饿死的欲望
需要年轻女人，到集市　车站，
陷阱，需要步履，鱼钩需要捕获
一条拐卖的线路贯穿城镇到乡村
遍布如污水河……如何能洗白

现在她望着镜头，望着水流……
记者的光圈，聚焦：
泣声幽咽；望着村口
讲述自己三次自杀②，未遂；
心肝断绝！

据说，那是一次错误的解说……然后
她望着村口，面带微笑讲诉着……

2015 年

① 一个女孩被拐卖到河北曲阳县灵山镇下岸村后，成为当地的小学老师并被评为最美乡村女教师。此诗本写于 2015 年，因主题相关，归入这一辑。

②被拐卖之后，她多次逃跑未遂，曾三次自杀。

父亲节

——给我的父亲

他的名字，恰好有
白色和诗意的信仰；[1]
“没有”了的“有”
已经不需要其他的语义相匹配

白玫瑰[2]
试图进入饮水的大杯盏经过门
桌椅和沙发不能阻拦它们
窗外鸟儿说，花朵啊，你没见到他很快乐吗？
他已戴上白色玫瑰为了送走先辈，为了
玫瑰仅仅传递消息：给亲爱的
陪你长大爱护你的——爱父！

他从白色归来他从诗歌中归来
他无须邀请他人到来；

最轻的最重的玫瑰
他不在，而花朵在；

花叶呵护光阴，今夜他将返回
仿佛认出了我们以及那样多的红玫瑰
守护着……

红玫瑰
守望：热血环绕深情的花瓣
红玫瑰请求把书桌擦净，把水蓄满
让这天看起来更明亮如明锐的
白玫瑰

让越来越多的白玫瑰汇聚
让越来越多的红玫瑰诞生

最重的最轻的玫瑰
花瓣不在，而他还在；

层层叠叠，壮心骨气加重的桌面——
就轻声说，“再见了……baba!”

①父亲名字里恰好有的字：“诗”和“白”。

②父亲节习俗，父亲健在的送红玫瑰，白玫瑰敬献给去世的父亲。

夏 至

1

这天白昼最长了
阳气进取

为了穿过新鲜莲子芯
苦甜，掰开的曾有过许多花瓣

夏至也许，为了
心绪如雨，也许

雨水胀满，朵云的形状
心火无法抗拒

湿透了，只为了
增添苦菊：

问题就想开了：
大事不瞌睡
小事可小憩

2

为了各走各的路；

为了芹菜和菠菜相互凝望；
甜瓜，哈密瓜，为了守持正固
并不幸福，也不会不耐烦
如此成熟……背影的光亮
也恰如其分

3

夏至，阳光催促你拉伸筋骨
夏至的下丘脑导致
失忆已至；饮一盏凉茶，
以菊花为例，
我喜爱过夏至明锐的眼神。
也不必回顾冬夜的失眠
不要健忘到难忘的
忘，夏至，你勇敢得与夏天等同。

4

不可养尊处优，过久。

终于明白
无法避免的
就源于幻想

只要延续没有了翅膀的想象

回忆镰刀
知道割舍的地步，

夏至，为了这个节气
必要回避溽暑

浓荫也把树上的知了揽入片刻的沉默

5

面对山清月明
花，还会回来

花落如雨
福泽如温情
必不伤神

让我也扶住一个梦吧，
在梦里，麦子游过护城河

岸上，有一面应许的心经墙；
那上面有：无声的圆，雕龙刻凤

凤里举龙衣
任凭，余韵
玉一样润白

如许的韵律细微的缜密从此
就不愿让人轮番描摹以附会

大事已大热至极

小事，汇入小溪

我以为这天气，树枝断，风仍旧调侃。

草 原

迁徙的足迹，已然
离开故居温暖的火光
地下的原油持续喷发
以便暴露出
珍贵的稀少
没有理由放弃——
这一片草场是千年绿色宣言
可你已然放弃了会执行的牛和马
倘若，那个清晨的风暴没有
放弃，那么携带它们必然携带着
十指的簸箕和斗，浓缩成
我们 DNA 的造型——那移动的部落
追逐着——神秘汗水的疑踪
上苍就垂怜双手攥紧纹路
大地上那些双手就可以埋了
牛羊的遗骨——一马铸就雕塑
从马眼抽缩的皱纹透析垂泪的时刻
天边就倾斜
朝向高抬的马蹄致以长久的敬礼

这就是草原
情绪的玄机

已然分不清晨昏
也没有终结。你面对着
茶几、一碗奶茶上面一定会有
寂寥的朵云
那一天，那条路，指向渊薮，
继续诉说
继续走远

祖先的幻象是
没有衰颜和没齿
白胡子也没有逝去
再看一眼，垂老的树身
旋变为柔韧的杖履
彼此，无需再见
因为只要有胡杨林和
青草刚饮完上苍的露水
依然会有莫名欣喜！
你，到达那里
无需缘由
也会欣然
弯曲膝盖
像骆驼保持高贵的尊严，仿佛
它不必起身也是主人！

忧郁会吃掉整个季节的羊肉
包括一部史诗也会吃掉
草本植物以及心肝及肺腑

全身柔韧的筋骨
也无法追述烟云消散；
不事雕琢的酒杯
不辞风雅的弓箭
一次次离去，到来
一次次，结算的
那人，那夜，
那草原
那星月如织的天幕上浮现众多子孙
饮酒作乐，无边无际
他们看见
大地，正缓缓卷走敦厚的绿！

2014：沉默的女萨满

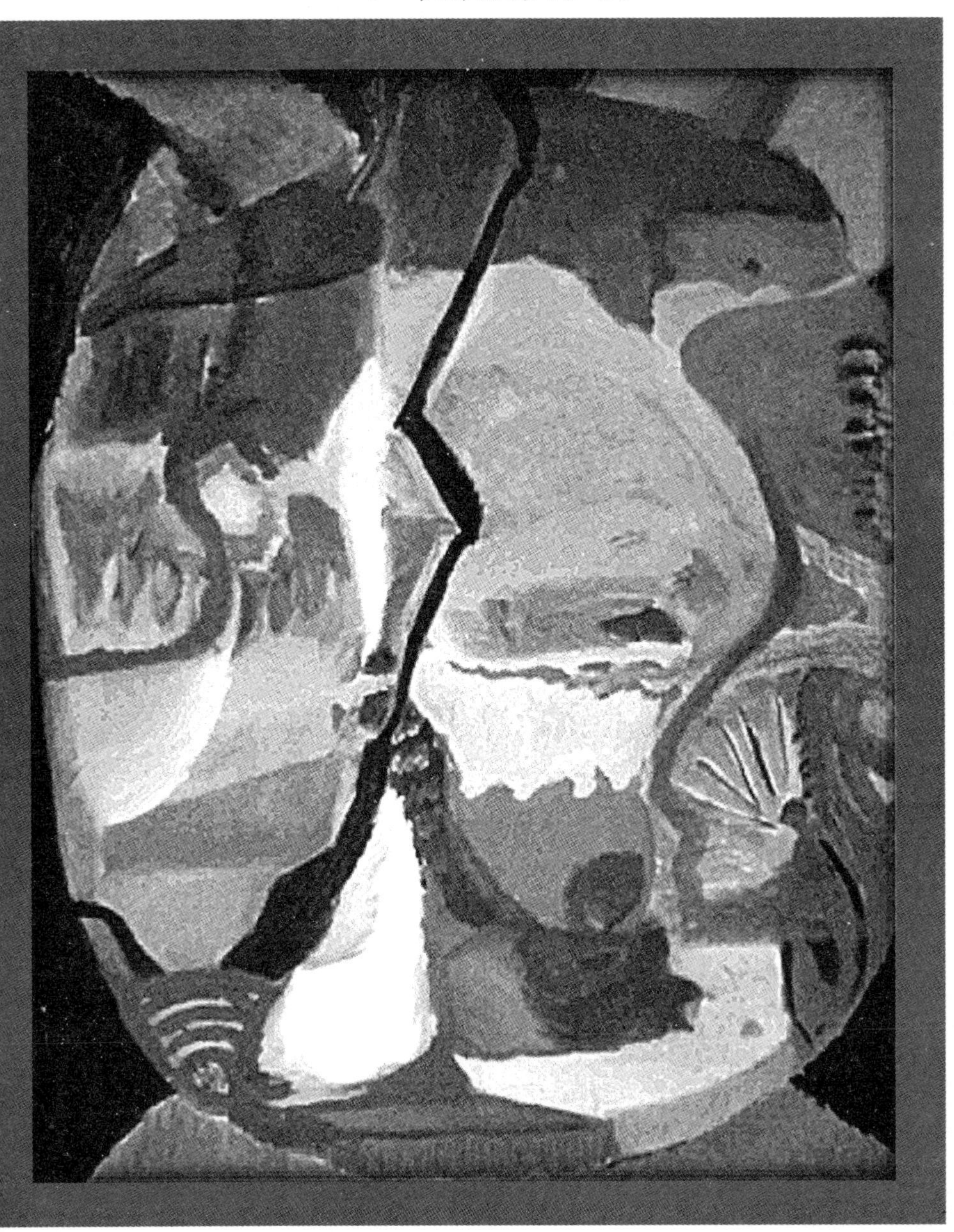

童蔚 油画（40×50）

心中的盐

盐，一直从大慈悲的海水里到来
盐，必然不知将往何处去

盐，结晶半透明的具体；
须菩提，融化为海水翻江倒海的词句

我用盐来掩饰
语言，满眼饱含着盐分的

预言，淹没，就淹没了
须臾，来来去去就知道了

盐，无明亦无老死的鱼儿们知晓
无须还依赖彼此，来去，就听闻，
那一粒菩提将穿梭折返那海水

灵魂的胎衣披上海风就诉说，今天
风大好，海盐亦晶莹就肆意抛撒为呼应——

海水回来，就听见一层层的楼台之上，有声响
一只海碗金色镶嵌的边缘
那些透明的脸一层层叠罗到菠萝菠萝蜜之身影；

海风刮来一片天，天上又是无明亦如无明尽

须菩提啊，就安慰我今天天气好

那些泪滴打算休息一会儿就觉醒。

缅　怀[1]

舅舅，你变成缥缈飞翔的影子
我不想抬头
不忍看花

我知道寒枝上有你嫁接的字
我知道江水尽头麋鹿消失[2]，长相思。
你离岸时
知道谁愁苦。
我喝水时知你、知道你
从我伤心的肺叶穿过，一种寓意——
风也会老
树已半凋
火焰似身影，临别前
思想的苦楚已远。
你背伏暮秋[3]的天气
独自登高，到残阳里
向一切的
晚景和伤心者的怀远
挥别，将那些旧恨[4]的印迹
播散千里，
谁经历三朝三秋
使激越的心境[5]

覆压万重烟水，
以及天再高，雨水的脚步，就在近处说话
迎来东西南北
同时发表[6]
纵然写下了无数被遮蔽的
北去南来，
就有你的
万里挑一的
语言小行李箱
还在云上飘
……

舅舅，我在暗淡的日子里，忽然
看见你——来到北方的树[7]
踩踏声响

无数的茅诞生过怒吼
背负音书就没有断绝
你和谁一起
汇聚在冬日的黄昏，把风送回
风的脚步，向南，匆匆
那树枝上——云似离船
而“失踪的距离”——叫缅怀
风漏过，向北的目光瞥见
初次见面的悲怆
声音飘在泪花里——我知道
福州老榕树的根——已然

握住一个家族的手。

记忆是一组相片，又伏案，书脊内外
邮差记住了——
你是我灵魂里的诗人
书卷、信函这包裹世界的火焰
焚烧筋骨里的憔悴
当邮件变作祷告为了
灰烬命令我——
用风蘸一点清水
水未苦，就能随你去天涯

为了归来的静穆里
总是见到
见到不坠的幻影
伫立在老家——仙塔街⑧
你接过前人的火把，燕飞奔，鬼蛇横扫
令我听闻、动容
我追随你
疾速的脚步——如同泥土传出乡音
这是相似的销魂
与你一起见到槐花来了，樱桃红了
或许，像残阳走在润绿色的
回家的路上

2014.11.15

①我舅舅王勉老先生（笔名鲲西）生于1906年，于2014年11

月 11 日辞世。遵嘱不举行仪式。这里仅以一首小诗寄托哀思。

②舅舅早年喜爱过的一女子，昵称“小鹿”，这里以麋鹿附会。

③后来得知，他秋天起病重。最后住院四年半。

④1957 年之后蒙难 17 年。

⑤指毕竟经历过“五四”的一代人。

⑥晚年写下深刻而有见地的文章，在各类报章发表，后以笔名鲲西辑录出版:《三月书窗》《推窗集》《清华园感旧录》《深宫里的温莎娘们》《吴伟业》《听音小札》《寻我旧梦》。同时发表是指他有一两次在报上看到我有诗歌发表的杂志目录，连忙来信。

⑦早年求学在北京。毕业于清华大学社会学系。

⑧“仙塔街”是老家的旧址。

专业伎俩

在你头脑里——有小小的深井
一瓢墨和紫色的微光浇灌
思想——那瞳孔聚焦忽然就感动了
去心脏边缘，插花一样植血树的
枝桠斜刺横批不允许颤抖。锻炼

你的双手，如鸽翼的收束形态
运用意念夹一束花，上升
举，一直举过了头顶上的身影
……
我读过了，花落，花瓣馨香的馥郁
嗅闻式阅读，读动物的标本的
读玫瑰变白雪墓地

之后，甚至懂得了——海水
不必苦，撒了撒了
满院子的卵石，磨砺成玫瑰色
西晒过后，暴雨将来之时
花瓣里面也有你隐居

从此，繁华管乐
从此，梅花凋敝

都不能触动我，我思索到——
满天的星斗牵扯潭水
——拨，拨弄不出鲤鱼，跳跃。
你说，不必讨巧去那影壁后面
雨水落入水缸很勇猛亦胆怯
而你的，是一把大羽扇
一下子隔开对联亦是维系！

感　知

你一直在一张白纸的
后面。人间的戏剧的……

你一直在一片白色羽毛的
后面的。白色记忆火焰

一直，你就在那白色
宫殿的后面，等待脚步离去

一直，你知道那一尾蛇正接近
你，钻进了灵魂

里面：这一次
最难得的蜕皮

再爬过白纸白雾，脆弱的你只需持续冬眠
……

产房：这里有一片果园

1. 这里有一片果园

命令让我们守候这里
语气，待在圆里
因为膨胀的，愈来愈圆地鼓动。

有船渡河，渡过
星夜醒着的眼睛，图像

显示，一切耐心
在无水的河里也要镇静
只要有忧伤就会掩埋自我的恐惧

我说，那不懂我的
一心想冲进去
我明白，那看不见的
也没有表决权

你囚禁于里面要适当预习
哭，面部拉伸，这很重要
是摆脱厄运的初始

母亲的身体是花园
守护各自的
安静；不适合多说一个字
躺倒的，可幻想
像袋鼠怀抱
微型的温暖
一如皮肤也包裹你
一同熟睡着

2. 这里有怎样的环境

我看每人都有圆顶的屋子
有乳白色山峦　红河样流水
荡漾，心鼓，水声响动
离岸的日期临近，屋子迁徙
这经过无法省略和剪辑

夜晚，摇滚乐风格时常发作
风动影摇，独唱，呼唤
饱满月亮的脂肪剥离开
那些床和器皿留在暗处
这区域挖出如血的独白

跌倒的人，我听见她说
没有其他的腿能走出这里
她的腿和里面的
一起走，胎儿走，翻滚颠倒
好像反哺的鸟在眼睛里舞蹈
如前赴后继，解除枷锁

倒伏在地者，用红色画
魂魄混乱之作并不吉祥

我叮嘱身边人，不要谋杀身体里的
月亮。不要追求速度，柔软体操
缓慢间歇月光强大的引力

奇巧异端，知识分子的
感觉，到位，从骨缝里开始
死愿托生

来自风声
和扭转着
方向，推进大的背景
推进欲加显得，汗流浃背是
小有难度

叫我手握住你的手
说你扶着我屋子吧
那开始继续摇晃正如同
摇，遥远也接受暗淡星光的天穹
……

3. 为此，必须剪辑

为何我们都不想阅读这本书
这部电影也不想看　仿佛那
古老扭曲放大缩小了其他事物
你就不必告知我

过多的红色孤单
朝霞也要离开晚霞
我预感剪辑不过是流程

从坡度里饱含的福善
如暂停，定格，我说
我愿给你最微弱的爱
被天见证的；麻醉也是
最安慰。

我愿把自己性命给你
衔接起代替你构思所有弄不懂的问题
身体用来解释
一部分，一部分
解决；一颗心
听一颗心
就是“相对论”心率

从坡度里包涵秋天的
成熟，我愿意给你可怜的爱
被天见证的；延迟也是安慰。

为什么鱼骨样的坐骨
移动，分裂，然后分别
转告左右角度
跟上医生左右脸颊
运筹帷幄
慈爱果断

甚至恼怒

我愿意你顺着一根红色丝带
任意游走在上面宛如
杂耍可我还是忍住
如一条生命线很乐意让另一条红线
见到喜乐而我自知命定的
必然患难
必然剪断

一路走远的
无须剪断
你并不想见我
必然就是想见我
为了冲出禁止复活的套锁

从坡度里抱憾
冤苦多过福善
我愿给你最可怜的爱
被天见证的；昏昏然也是安慰。

永不抬头的无须剪断——你那
经历恐惧的冷静来自先验的福泽。

2014 年改

你不在，你在

——给 Q

1

你不在，这句里。

你不在，馨香词令被句法劈开的
汉语里。
你不在，鹰，飞又止
去往街巷——哀音四处

你不在残酷的
事件——机遇——历史的劫运中。

你在灵魂里久居
断自己的语脉——

在凄迷中辗转
并不轻慢的耳语
一脉相连，三千多公里
……

2

你在——

耳朵的聚会里也被堵住
嘴在他心里，你在导游
在他手心的线路里

在最高处
最深处
都是吉利的
你如导游，必然挑选石头
上路，那上面刻写
必然　不多不少的
六个字

你在那空气稀薄处
为那富丽的方言
晒红了颧骨

你在峡谷里
也望得见雪山顶
你在，那种族漫长的梦境里告知我
你祖先的鬓角接续到蓝天无限渺远
我祖先的语言
只有蓝天懂

你在我身边不懂我心痛
那曾经跪着的
以为贵者贵。

馄饨颂

——给十三姨[①]

一粒接一粒
马兰在塑形
几十粒的馄饨
它们想结婚或许要闪婚
它们不与面包相提并论
它们要模拟宇宙的混沌

一餐接一顿
三里屯夜晚的
混沌在溜达
寻找庇护，可惜没有
那辆“馄饨牌”战车
停在那餐馆
发现餐厅里那样多
混沌的灵魂
需要馄饨的热量聚合在胃部
馄饨如此充实
混沌如此放松

2

宇宙的中心
匹配过混沌

星光摇曳
夜晚继续投影
你用双手包裹
模糊的边缘
就知道
那些馄饨多么的自我中心
习惯用来遮蔽
内在的分量
混沌只会在路灯下
留下繁复的唇痕
馄饨高兴时
还会打哈欠

一束微光下
我看你
你还在盖帘上搁置
一圈又一圈
面团的隐喻
它们已然
印上独特的指纹
这些待被煮透的
隐喻：已被精心
包裹仔细，尽量地仔细

3

一夜又一夜
美食和鲜花

显然已经适应
也痴迷于出入
成双成对

只是出于偶然或疏忽
才会单单剩下了、创造出：
一粒多余的混沌

①为十三姨自制馄饨而作，她微信传出的馄饨样貌奇妙无比。

压面颂[①]

——致十三姨

雪白的面粉
沾衣裳
再添一碗　清水
来回地翻转

再纵横……这里有
鸣虫欢叫过的路径
还有大雁在麦穗枝头
吟唱——尚古的雅乐
就冥想，压面啊
思故乡！

像河水回流
记忆来回地掉头
机器也为主人歌吟
世世代代的回响：

漫漫道路长
烈烈机车[②]响
绵延面条宽
悬起疏帘晃

漫漫面条长
彷徨久远长
旋转线条美
辗转如不寐
压面思故乡
抵达我中肠！

①十三姨有一台豪华压面机。她居住国外时经常自制面条，为此作小诗一首。

②形容那台锃光瓦亮压面机器的声响。

比坏还严重

情况不明的一天
那餐厅传出女子哭喊
声线如刀片划过玻璃

这情况糟糕——皮肤
有复杂的烙印，节奏
分明是混乱
是恶——把音画叠加在皮肤里

也是罪——他们犯罪
比坏还严重

电视里镜头放大注视者
麻木，已然无法调整聚焦

已然认不出人们经常光顾的
那场所，以往的平安轻易
像天空倒扣下来，酒杯也碎

每一夜听见哀嚎声
星空——仿佛就戳出流血的瞳孔。

雨中曲

——致友人

雨水，必然地降临流入海水悄悄地溜走
那记忆里还有翅膀抖落
水渍，夹紧书卷里还有收藏的羽毛笔
奔走；那街道
更为暴烈。节日气氛已点燃
无数幻象的占有
已点亮，锐利的眼神就穿过往昔的街巷
转向轻柔曼妙就看见那些登高的魂意
失去意志，渐渐滑落着
雨水就顺着伞边舞蹈着——落点
纵横旋转透明的雨帘仿佛合唱中的雨中曲
和平鸽还在屋檐下挥舞白手绢一样的画面
满满一条街的伞也可以瞬间变为
遮阳伞，为了心情能凉快一会儿
有人就开始收束绅士伞的心境
他畏惧雨水穿透脚下千万年的
沉稳，就悄悄溜走向潮湿迷漫的热带港口

必要渡过

总是，那孤独的……
水，可以提升分离度

总是树木无论朝向南北
离我而去的并非是尘埃；

忽然的欢喜或许哀伤
孤高——可能是个矮个子
一把古老的孤剑传承了知己。

风，在窗外作证，滑过了飞檐
黄昏始终保持着微笑行走
伤心的，一定不是
书桌摇晃的腿，椅子，
比起青春时间排列整齐到
拥挤的面朝西方，浮现
一幅画作，就是：

孤雁已渐渐飞离了熙熙攘攘
朝向四面八方——

那孤舟，还停靠在荒岛

那是从前，船和树根拴在一起

我向那旅人说——山顶上松树被砍伐我难过了
如今，每一檩朽木为了曾经的拥有
必要渡这死水统摄的水域。

在山中

——为了 2014 年 5 月 9 日得知的事件①

在山中，不是在
海浪边，让荒木合围拱形的
哀悯，事件轮廓：
黄昏雨跟着你，跟随你自语

雨下得更久了，死亡的
香椿树暗中生长，度死，
而大墙后面山峦
和森林穿好象征：这时这事这片绿野，说，

黑森林，海德格尔和策兰散步的那条路吗
海想去，你读那书中修剪的枝蔓，井水、源泉吗？
也读过干枯，读心变成石头
石头变成哲学，投向生死潭水

你知道谁属于词汇
属于你的那条路
属于背井离乡的草地
属于一个漂泊的人，魂儿，游历四处
你在山里将暮色凝视
那些垂杨像马尾摇曳

我猜测，这座城市不适于写意
汽车的尾灯闪烁霓虹为街道写真
不属于无畏的天真，我猜想

你不安，我们彼此问候过
照相时并肩，可你
就像一件灰色大衣那样沉默下来

以诗歌名义逃遁
去另一世界
遁世，多少人殉道以年少才华

多少旅人，携清风，经过花开的湖边
满眼就是夜、雾气，被坟冢占据
满山的幽寂诱发眼睛和耳朵自语

白色水鸟啄波纹起伏
瀑布就降落白旌旗，以及
那一件青山白云长衫——

踱山中阅览的脚步
因山而生的树木从不懂得放弃
因问题而生的树根深入人心暗示着
……难道：
欲度最高的语境——必须神秘赴死？

①诗人卧夫死于北京怀柔山中。

沉默的女萨满

在红月亮升起的夜晚
大地是黑色的琴键
时间，也从远古走来起舞

女萨满长长的黑发，是思想的根须
为一只陶罐而陶醉
亦如所有白色的月亮，都将领悟

在逻辑的家园里
她是推理的暗手
从虚线到直线她画出，头脑里的手

黑色的长发如今变白了
直到失去了，她掌管的所有
语言深埋在头颅里，合为一体

她走进我的世界：
一切，就像一个眼神——
“万籁寂静”

飞回伤口的过程中（组诗）

1

记得飞回假日像在一个领结上停留
你的扁桃体发作炎症
记不得，一个过去的伤口使你畏惧

记得旧日隐秘，魔鬼颤抖
高烧的激情喜爱怀旧的斗篷

问五色羽毛，遗憾的筋骨
回转到天然的扇子

记得在伤口归来的鬼魅中
透明的手拉紧记忆
系住无端的失去
却没有迷路，没有失控

记得你爱你就希望窗前学龄前的鹦鹉叫出
记不得……可恰好叫出心中的
畏惧……看那些小小的爪子还搭在电线上

记得天空，记不得远离

就问老树何以阻止生长
皱纹：繁复且深厚的复活

2

有多少次，反复地敲击
你像个鼓手

多少夜晚，我分明感觉
一朵莲花在暖腹中回旋抵达手臂和脚趾

多少柔韧弯曲如拱形桥洞
桥下没有水也没有船
在你和上帝之间，还有多少蓝天？

多少浓密的思绪潜藏身体里
只听长者说神秘咒语，懂得宇宙暗喻

听，那是谁在催促，河流快起床
在彻夜缠绵过后莫要懒懒地驻足
多少“有”，多少“没有”都要继续
告别汹涌波涛之后——

迷惘的人，清醒的人，一样幸福。

3

无名的深渊

深渊因无名涌现永恒黑夜奉献的福祉

无名的深渊无名的哀歌

黑胶皮盘卷模仿着蛇爬向花朵骄傲的面容

无尽的压力，水仿佛凝固

在光线中描绘无穷的精力、无尽的哀歌

上帝的喉管涌出了甘泉如许

地域之火焚烧善意也是礼赞！

4

我其实
不想惊扰一只鸟儿
背诵它在天空奉献的隽永诗句，心怀感恩

我不愿
惊动一块砾石
石头如从天体的讯息坠落而成就一句名言

我不愿惊扰
你，黑水晶一样的心
带状物联想起暴君曾把你困锁牢狱

我把心形
戴在耳朵上
覆盖住，黑水晶的眼睛

在飞回伤口的过程中感知大地的沟壑

2014 年改

非正规素描

有时，我想起那椅子
一闪，又瞥见肉色
丝光，摇晃着，透出暗亮光泽。
她们让我想起众生之美。

非虚幻的绿手镯
润如青春。
她低下头
眯着眼睛
讲微信，唇红，如樱桃。

在男朋友离开时
悄悄——给另一个，留言
（恰好我听见了）
她还不断地扭着
亚麻色的头发
咬着嘴唇……当她
男友仿佛从错觉
走回时，她说道：

“这里的环境还挺好的！”

通灵的玩具

这是人工智能爱说话的玩具：
（我想知道你渴望什么）
我说，每日不变也是
这家不变
（我想知道，你敢不敢冒险）
我买玩具，根据逗乐的原则
我也不会给你买保险
（可你会变老，没有梦想，你没有机会了？）
玩具，玩完了
丢一边。我以为你们才不需要机会
只须葆有城堡一样的雕塑感
（我想知道
我被无情地粉碎了
是否触及到你怜悯的心？）
丢弃还是珍藏？以此来
区分，大人们的
占有、摧毁与保护欲
（你是不是因为背叛过我
从此对他人
也不再敢敞开心扉？）
玩具被拆胳臂卸腿
无须包扎伤口

也无人关注那些
袒露，当然我也无须随意地开敞心扉
（我早就知道
你不会和我同甘共苦！）
你，了解我所想的
难怪价格贵得
离谱。
（你讲的是否真实
我已不感兴趣
玩具也有自己的伦理）
这玩具让我懂得做自己的伴侣也挺合理
（我想知道
你是否有可能遇见美
而非一味追求时尚之美）
我开始懂得
完美的玩具把我们的
位置如此
颠倒，它成熟到
不仅装饰漂亮而且理解唯美
（听，你头顶上的星星像坦克隆隆地轧过）
尽管玩具在模拟一个幻听者
我以为，它还是不应该被
玩具管理者残暴地清洗掉！

待

待到那年龄的
骨刺生长出年迈的根须

莓苔楼台和青梅
也微妙地转型

却原来　信任
移近肩膀，聚精会神就是
两眼看天，一心落地

面对灵感如珍奇磁石
我没有伸出手也无力带走

待到那眼睛
无力欣赏那来自宇宙的
语言的肩胛骨
就凿出悬梯衔接海水

待到岩壁上重新画满鱼骨
鱼翅、渔火和鱼苗
就留下刺目的潜艇在岸边
那明亮如初的大海

告知内心之海跌落时的样本

告知与众不同的深度
深海之门的开合浮现出
核动力与海豚一道飞行——

猫

1

在我还没有入睡时
它眯缝眼睛，眼珠是绿色的
尾巴耷拉在床边
眉间很敏感
最近它很健康没有眼屎

我睡在上游
它开始疯狂地舔自己
它梦见水了吗
它下巴的毛都糊到脸上了
它把自己蜷曲成慵懒状

我们一起沉入黑暗
为何我们如此亲昵
为何造物如此神奇
为此，我想为它写出最好的诗
我还想潜入猫咪的美梦
尽管，我们还无法
交谈，这让我想起
一些人，一些事

……

猫的牙齿经常呲出来。

2

它斜视我的样子非常轻蔑
它肥肥的如同雕像站着睡
想象一片开阔地
像白老虎那么威严
眼前浮现沙丘皮卡丘但只要在鼾声中
它就安静了
这件事，没有人能理解

等我刚要睡着了
它就摇晃到门口
喝水，舌尖拍击水花，节奏很诡异

我就醒，就想起一些无解的悬疑

3

我们渐渐远离梦幻。也许
整夜，它睁眼
思索哲学，也许
它想打败邻家老猫掠夺食粮
夜晚有时，它在窗台上，观察户外
每到黎明时分发出呼噜声如大段告白
然后，它跳上床铺，拍打我的脸，看看

我是否还活着……

猫咪从来都不会笑。

生日音乐会

正是犹豫着就开启神魂的
音准，生——准备将琴弓再拉长
琴弦更具紧绷感
重复旋律，渐变节奏

渐渐变快渐渐
变慢渐渐变乱

连烛光都溢出甜蜜的音符
落入乐句
心血黏稠
乐谱上还有大段颤音，音符继续孵出
小蝌蚪，大天使指挥沉浮，映出
大鸟挽着树枝手臂
无意识召唤一大片
仙鹤降临

那更少、更渺小地期待

渐渐变快渐渐
变慢渐渐变亮

夕阳在外头闲逛然后举起
长笛吹奏，褐色的鼓点接踵而至
必是喊冤似延长音程——
必然不知道自己
其实就像一架手风琴
被阵风来回地拉扯！

脚踝尽力抵抗忽左忽右
大提琴，重复压倒
小提琴的记忆，以便
保持总谱如大树根须
向四面八方拨弦到更加晚些时候就是
纵横最强音的街道为最弱音的
花园布道

我生命的缪斯
从诞生之日只爱上了
不协和音
犹如日月之下
生死乐句前行，高低不平。

夜读鲁迅

多想——像鲁迅先生那样
在长夜坐在灯下写文
——“骂人”
多想，在天明前嗅闻
那第一缕微光照临墨香清醒的
——气息

但那样的文章
像花枝自
花院子里迁出
自某天消失了
据说老槐树下无人
再读鲁迅

匕首一样亮出
于是思考
阅读深夜写过的锁，是否还锁着那些门
门里掩着
门前的踪迹
飞过白天
那浅白的梦
鸟语花香

和白痴坐
黑轿车读
黄段子笑
必哧哧地笑

笑蜂飞蝶舞以外
大雾漫城池
老巷子亦出来解释
常读鲁迅的人
易得肺病
爱读鲁迅的人
易罹患
文学遗传性
抑郁症
阅读鲁迅犹如戴上有色眼镜
步入街市游逛动物园
傍晚声光电影和发飙的声响
使无声的桌椅
变得刺目

之后你的脸就
如化妆脸的冷
也代表无情
药变成墨汁，曾经
研磨过的黑又旋入那被禁忌的
街景，一切又延伸到
鲁迅的肩头

雪雨就是诗句之怅然
“骂人”是一种痛也会
涌出欢心的泪水

技艺

——有关艾米丽·狄金森

无论你是否相信一些死者拥有
穿透人心极佳的
句法——

无论怎么说艾米丽·狄金森发明
这种句型类似飞镖、飞碟
和三角形
飞去又飞回

魂灵的法术令她斩获并承载死神
仅仅十来句短促

从久远保存着精湛的——磨砺
就仿佛活着的诗人
带来死掉的慷慨

描写那马车滑过了街角
折返家园的角度，一眼看到
她已然种下一千七百之多的
玫瑰，永恒的鬼魅

诗人们，拿得起

孤注一掷的一枚词
懂得放得下词上的大义
并不属于自己
倚靠孤独，独自存活
而且，别忘记为灵魂
每年上税

通常，在午夜，他们
用无常的癫痫句法
映衬内在投影的动力
就书写他人遗忘的

那旧词围拢马的笼头探出嘶鸣的新面孔
当马蹄抛撒四方
她的目光正从马眼
投射给读者以诱发内在的升腾
艾米丽·狄金森因此
居住无所不在的国度；书写
与每一个夜晚匹配的势均力敌
那锐角形送抵心壑——发出悦耳的奇形。

苗　妹[①]

问他何时为你写故事　夏末他穿拖鞋来给你讲一长串
问歌声粉碎在水面为何颤抖
问爱恋的小狗为何呼唤疯汉
问那疲惫的纯净为何心忽然停止了跳动
问那喜欢梦见足够你喜爱的身体

童年的傍晚疾病已经
伴随蚊子从沼泽地赶来
她是你心中的水痘

那是身体第二天浮现花蕊没有喝下你给的梨水没按照
歌词里说的要耐心等待它们挨个儿枯萎爱喊到等
他告诉她第二天水痘也饿了花蕊忽然让她想起词
好多的白天鹅
突然给她愕然的感觉忘情片刻注视夜晚的银河

整个童年，颤抖的翅膀在高空翱翔
雨水存活在梦里，持续的高烧没有人懂
晚霞是一片猩红热布满天穹

送来歌本那天，流出裂开眼角的露水和童年祝福
他暗示风的身体长出石头，要让天空喜欢热情

那门能阻挡麻疹到来
他保证他们的梦
只有黑白颜色也很健康
他让她生病时阅读过蛛网裹缠的画报和书

就藏在弥留父母气味的壁橱里

儿时身体的话题，关于美，酷似颜色从额前裂奔
投入挨个地描摹大拇指从远处以为按住某个白楼
风中有人唱歌，因为歌声
如身影的道路飞奔或徘徊再三
为挖出输出的树木根茎她辨认毒饵赫然不是邻里布阵
而那砸喉咙样痛感袭来时歌唱那
瘢痕体质特有的激情，为他

她
怄气时他听歌写那出剧目
以为他们会在下一场疾病到来时，相遇
……

①女友的昵称。

棋与印章

那是父辈的祖先走远了
他们骑马
踏过英吉沙漫漫草场

鬓发似黑麦写入歌词，很多的
升腾，跌落，道路爱上倾听

母亲的祖先来自
高天极远处

出远门的他们
孔雀一般婆娑飞舞过篱墙
在瓦罐边，饮着故乡水

那别样离愁的
山水啊，每一次聚散的血缘我们只须
嗅闻着栀子花，排列着
以纪念——增加的数字。

此刻，我好似虚拟的棋手
不分昼夜面对饥饿的对手
不懂得斜阳拉长的队列

神经更紧绷，我察觉：
这是梦中的象棋而那些熟悉的印章
与它们相吻合，很反常

而观者——喧嚣，近在咫尺
场景，忽然扩展——

原野闪现大棋盘
两支纵队步履蹒跚
而我在半路上
正想握住幻觉的手，询问
最后的结局。

中国颜色

一个女子临摹一部中国
颜色：先描“黛”
代表北平的南池子那水色
接“驼色”，沙粒扑满了
窗子，接下来，可嗅“秋香气”
抒写，煮酒，桂香和银杏叶

联想到，良辰莫不过寻常
夜夜的“靛青”，写过青春的
蓝草，汁液盈盈地流淌
就浮现，嘉鱼的肚皮白
有一种叫做那“茶白”色
幡然跃上，淡云天色，荡过华贵
裙裾提及“鸦青”色
含烟柳树边，鸦羽，
舞出黑绿最想描绘的并非是
牡丹，而是“檀”来自
竹深处，影壁前
就变为——“赤”——圆圆的头颅旋转了一百回
血，流尽，也就是静……

就用“缟”色探究

辞藻如何缩成豆沙色然后
入“水绿”的船底辇到
桥头边、石壁长廊，点缀
高阁与廊柱
倾覆过后的“炎”色
搭配一下红绿焚毁
剩下，就叫那“黎”色
露出，墙，不承载分离

那些年代里不写的
就叫“艾青”，江南地气
生出的“黛蓝”
怎可比“黛”色更抑郁；
又有“月白”洁净相对“妃色”暖
暖到红烛悄悄地消融
竟然，“胭脂”色最为严重好色
不过，就是那山高流水一注情
“牙白”适用于反衬
夜色绕过溪水来相见
“竹青”就断续地写在
屋角、竹篱边，谁临摹就知道
中国颜色是统筹
众多的，一片一片色度就度过
那，光——选中过色

玉兰白

……

然后我们度过了四分之一世纪，
玉兰花记得，春日衔接花环。
花瓣升起颤栗苍白，早春
并非心生幻影：
一排树木伫立参差恳求
求，太亮的月光指点；求无人接纳
字句之后刻上墙壁，面前
只有白玉兰，花开飞似雪
其实只为那闭塞的心
打开了深沉的道别

我注视那飘然，那没有的也只是
失去了空泛。我欲向谁请求——
请递给我忘川水，
一杯盛满的盛意
我将一生还以
待写的惘然

你的玉兰在故宫前瞻望 25 年前
你观察屋檐、城墙，丈量
高耸的理石柱子：他们为子孙

悬挂旗帜吗？
他们也会想起故台还在
那种下思想，无畏的人们就会
凝望全然纯粹的萌芽，飘悬，跌落，
就忆起——夜幕灿白而低垂的颜色
已有四分之一世纪，也许
捉不住千古留存的枯萎
也就不必惦念

可山石却刻下字迹
并非只瞻望遗老，花瓣
亦衔接天珠，愿雨水降落重大的慈悲吧
但愿还记得：隔着世纪延伸出树枝
死神藏匿在玉兰花蕊里眨动泪珠

那时候

二十几年
走着同样的路

没有离开父母[①]
没有离开雾

二十几年一个重要原因
不为情，喜欢观察画面近乎痴迷

在我眼中放大的
守旧——双手——是你父辈的
那双手抚摸耳朵
耳边风的土路开出一辆车
还晃荡着挡泥板
重音，煤砟子嵌入
膝盖骨，物我间
我认出喝完的
酒瓶和划伤的指头
如今你摸猫咪的头
也有了
那一种怀旧

一些情绪潮湿如鲜草萌发在二十几年前
一些紊乱可以留下一些旧友[②]联络时
已不认，那当年

二十年后你不知去哪里钓鱼
可还会给老猫丢些鱼膘和鱼皮。
那时候就是这时候，猫咪还爱你！

①一种偶然的处境。

②从声音的角度……应该是“酒友”。

还 愿

如果我思念
过……真是对不起
我的胃
我，想伶牙俐齿地咬住一个愿望
如同，我思想过；思念你
不如想起了
你，递给我的一杯
橙汁，于是我一生
都记得你似父爱之吻——
亲吻我额头，如同吻别一样令我
镇静。从此，我爱上了感通
在爱上一个人之前，我已深深爱过
其中的完整。

还写信

如今还给您写信
相信害得收信人
畏惧繁复传递
习惯陈旧
都是顿挫
或许邮费微小
却能够抵达
福气适宜保留
如同那心里
有一条横渡寓言的鱼
穿梭在字词里
也一定来来回回
接续连绵的雨

要问旅行之后
河水如何变污秽
探问行程中鱼儿
为何远游
鸟儿陪伴着等信件
又为了什么
人为何会沉陷于
故纸堆

我相信
信函出发后
经常悸动的
眼睛早已默然签收
那来自诚实的
涵养还须
确认来自
信任的“信”
那放养灵性的鱼苗
也许还在白色信封里
那即将就到来的——语言，脆弱地倾斜却上升到
醍醐灌顶！

立冬日　偶记

1

古时女子们洗衣[1]，
于江边分别，不再见
那人，那云，那水面屏山日落时，心境
入梦魇，那走了的人；如沉潜青石你踮着脚走过
说，没有什么大惊小怪没有
飞鸟，在排队，在对位

啪啦啪啦啪啦……

玉石还会说联句
和寒冷晚上高峰和低谷
看那山门紧闭

如山神，搂黑黑的影子[2]说，
三杯小酒之后船儿就
回，匆匆和孩子喂过鱼了
逆水，画游丝，就叫作
来过了，哭泣了
来，那些名字写在水面
离去，给惆怅留波纹

多少鱼儿还留恋那河湾

噗啦噗啦和啪啦啦

和冬天一样读书和
写字，冬日的精灵们
凝视围巾上痦子③
说，不迷不惑
——洗不掉，是否还误会?

立冬日——天空暴露
布局，又刷屏，就烦心

噗啦噗啦噗啦啦……

湿粼粼倒影，以及
于湖面颤动忽明的忽昧
以及，在光焰拂面过后渺渺的裂隙
开启了，那凌晨的神谕，天亮之后心随物转就
真知，就知
立冬日，取舍有，无落陷

立冬后，分开的亮多余的亮，到冰湖
下面到冰玻璃下面
去探望
里面繁衍着危险，表面就延展平静
而最终

寂灭，被写进封存的冰河

……

①洗衣，与立冬本无关，只是有女友说起，今日晨起洗衣服。由此而感发。

②试图呼应一下开头，洗好的衣服放在一起如包裹，也有另外的意思。

③围巾上的痦子，可以是围巾上的污渍，也可说是脸颊上面的。两可。

家族残片

一个难以入眠的夜晚
我想起一个小女孩
摇晃着
倒在老榕树下

她摇晃世界
这拨浪鼓
这世界有她从未
写过的一种天真

她从赤色悬崖的马鞍
翻滚下来时
松树会替我悼念一位亲人
蓦然回首
坠落的也是落日吧

滚落苍老的山崖
山峰还错落细碎的牙床
还掉落奶牙在手绢中

寂静的春天

寂静的明天
那苍天如何面对童真的衰落
那样的天真如何收拾心情珍藏

残片——相片中的不朽，背后还有
指纹婆娑抚触，
还有黑白填满记忆，还有
伴随的白马，穿越墨色的田畴呼唤她

而我只能呼唤我的“小木马”
踩踏阳光下再也跳不出的山峦叠嶂
河岸和港口

我不知该怎么办
它只是循环往复
继续跳跃每一个障碍物

留下哀伤岁月的绵软
留下马鞍扣滑落姊妹共枕的月光

那些过早发育的善良如芬芳
覆盖黑沉沉南方女孩头发厚密的暖

2015： 我父亲的祖先

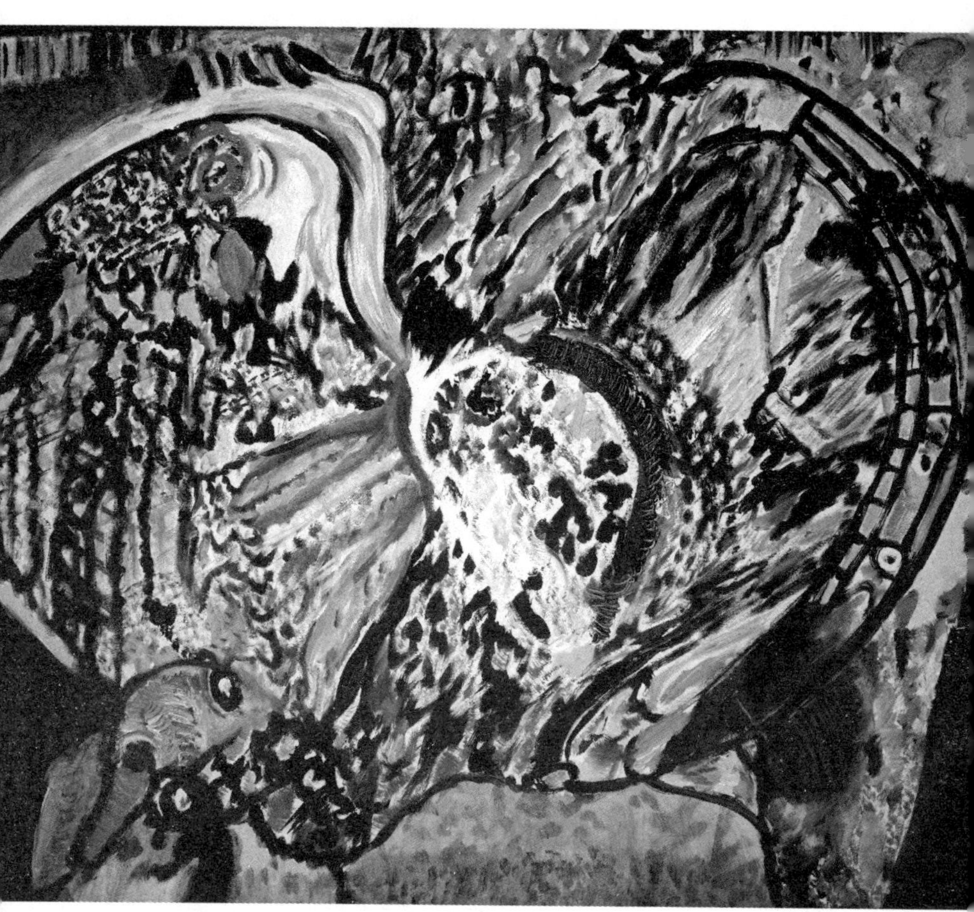

童蔚/油画（60×90）

腊肠颂

——致 ML①

如果腊肠会倾诉衷肠
不说，救命的道路受阻

裹着透明薄膜的艳丽
肠衣里面全是毫无禅意的挤

依照《齐民要术》
依照北魏的食谱
跨洋节和北美习俗

但此刻在灯光下
它们凸显威力好似
一种居心叵测的威胁，胁迫

那些腊肠出没的地方
那些制作的街巷
黑暗无星之夜谁把它们吊起来

它们属于热血属于你烹调时
却引来古战场的刀锋
反而会误伤自己

有人咀嚼它们
知道哀莫大于心死，知道历史
风干后不过是
容纳万里之外血洗的文明

那些腊肠出没的地方
那些被制作的街巷……

它们隐匿，那星夜里
谁又把它们找到且勒紧

把彼此对立的血肉贯穿一体
属于——被切碎一段一段的
这世纪。

①此诗源于诗人马兰自制腊肠，由此感发而作。

疯人院

你多想把一些爱书的书痴
寄存在疯人院念故事给最爱的空气听
恐惧霾、梦魇
回忆文字
一瓶墨水
给予一个神秘的探访者
一扇门忘记了锁住家
一个陌生的身影
却以为从藏好的书里
出走，去找寻钥匙

爱思考的
疯人院
爱谈投脾气及古怪
不必出走的运气
却被一股诡谲旋风绑架了
偌大的秘密原来是
信仰的魔法舌头
从没有离开过
那些血腥

医生害怕疯子做更多坏事

就用一瓶墨汁描绘胆汁
疯子害怕医生做更多坏事
就解释一些出逃者
一些返回者明白：
最终，他们都会被滞重的真理
砸进书里。

“未来”

与其说长存为了卷曲的灵魂
夜幕降临时窗子被打碎时
我只将事件抽象到概念化的称谓

你知道，从此后，每天我到那废弃的屋子
再次装作没听懂话一样小心翼翼把窗户关好

是的，亡灵的世界
让死亡步入庭院舞蹈
是的，我的孩子保证希望
喜欢上珠宝
是的，记忆也属于财神
是的，我为他人签署神秘的祝福

我还喜欢面对大海的提问
我还能保持胆怯的平静
那种敞开的阔达和我脚下踩着的锈铁锚
勾勒反差，有个声音低声问道：

“今晚，吃什么?”
我有时感到，我已然丧失预感。
我就要朗读菜谱感觉到
狂喜。

疑　问

如何热爱大众，喜欢陌生人
他们指着陌生的道路
以往的记忆沉浮
那屋子锁在尺寸里面

如何记住水从源头
到出海口与高贵的鬼斧神刀
与飞鱼一起
建造新型宫殿

如何覆盖厚重的皮毛，
到来，再来，带来祝福，
它们环绕在周围，这时候
倾听温暖的问候，如何点亮
死者的眼睛

仿佛凝视梦中人
如何和火焰一起燃亮
烤成巧克力蛋糕的虎皮斑纹

如何收场
宛如黄昏时

点数屋后的几棵小树
车灯扫射等待熄灭的安静

如何躲在一个人的身躯里
掌握孤独的权利
对一切很漠然
如同爱上毁灭
还带上几分天赋

就这样进入动物时光
如何不见恶人
如何不回答问题
异常清醒

动物爱上人也是巧遇
有时紧紧掌控人们不得安宁：
他们中的大多数和野兽擦肩而过时
都没有认出来

如何忘却都市丛林法则
每一天，为谁写出第一句？
如何不写出一句
为谁？

信友

——给 C

1

很偶然地
我听见一块表的呼吸声
好像瞎子眼前微微晃动的
光影，经过我呓语一般书写
将真实折叠为梦幻的高度——你
你不必告知我特殊
这即是未知跟踪时间的意味……

我涂鸦心情时，记得
这更适宜信函轻盈不允许
超重的达标；
面对邮筒，我倒退着思量
信封上有地名日期模糊的脸：
但里面——
蕴含着蔚蓝色的大海

沿途有从松林里发出的讯息
金色的狮子和老虎
它们各自用利爪写信，为了
展现狂野的才情

这一切均来自想象
……
我们展现给月亮永不见面的魅力——
……
多少年过去了
巴别塔更老了一点
一切未知的，它必知晓

2

沉睡的鸟儿已从混乱如密码的地点起飞
当我从膨胀的灵魂里取出
一管劣质的签字笔，草草写下：
“我愿一生变成无尽的一瞬；
伴随你一页信纸的一声轻叹……”

3

你写信以一束柔蜜的眼神
先验地将我诱入渊薮
然后催眠。我在茫然时感知
我只是众多收信人“之一”

我收取并伪饰为“唯一”
以便你所有的祝福和叮嘱

从圆满撕开一角；
未曾谋面的人

你具有拯救毁灭的耐心
不仅寄来花骨朵满足近距离嗅闻
馥郁芬芳
不仅仅唤醒沉睡的年代

你寄来的烟酒气息我也微微感动了
让我们生活在疾风中返回 80 年代

之后……

我有信心领悟某位文雅的马脸
亲吻每一粒词语
然后娴熟地将舌灿如花与逻辑缜密
卷成一根烟……啊这种感觉……逝去太久了！

我摇晃稿纸抖动得都似音符
可我越仔细看，越不明白
好似德语、俄文具备清晰的渗透力
你，其实只用母语繁衍了——南方方言。

多少年，我想到多少人逝去了
苹果树下已然没有新苹果
你已习惯把写信作为休息，依赖增添的厚重
仿佛无意识的字迹也会救活
也会止咳，而死神召唤了谁？
我们一次又一次为了
永不见面的魅力——

于是写，就是全部的心
那最后一封，一定在子夜完成
她恰好具备一枚化石
素描的花纹和质重。

佛诞日　浴佛节

——光，知道这能量，眯起了眼睛

这一天愁绪已缓
或隔绝；不知不觉，捧起了香火。
这是“新”距离——
化作黄昏的倦鸟飞回的
皈依；这一天莫要
嗜肉、屠杀。

相信
佛陀
生于印度北面孟夏时
四月初八①，清水洗浴
三千年后
还温存

这一年时时坐在香水畔，吟咏
云，旅行长久；为了回想细雨心
吐露香雾于念咒
佛与尘，爱箴言
拯救与心忧
接引喷泉始终
无止境

道出这能力之后
罪人他察觉
灯光暗淡，烛光亮

燃烧
业障，精致的
灰烬
焚烧
欲望

精疲力竭的人们也还在
跋涉……那遭遇神秘死亡的人
佛看见他；为脱离这苦，再无言。[②]

任何命运的大胆中
还有更丑陋、残暴、凶残
在这一天变成
同类中的
反面。

2015.5.25

①传说中佛祖诞生于农历四月初八——2015 年，公历是 5 月 25 日。

②因朋友的朋友在这一天故去。

诗歌的缪斯

校园里有一种飞翔，叫，距离
像最近的近；如你说
“我已经知道”。而我只说——喜欢
音乐，可噪音让我们沉默
让彼此无法理解悖论的本质
而本质在每一部书里渐渐褪色
容忍发黄的斑斑墨迹
……

天空相约峡谷的一天
你来自远方，忽然变成一位缪斯
一个女神，我心里
鸷鸟的声音抓紧我
然后……最后……还是需要翻译
茫茫人海，是双鱼座还是双语？
我不知道，谁会嘲笑神秘的缪斯
我不知道，压抑
在世界一域黄昏时，看见

不一样的淡蓝色眼睛
分开不同的隔膜
要知道，有多少种语言，拥抱大地的肤色不同

在深夜，满足缪斯，你重获——犹如独自富足
那时，一个生锈的门回转到锋利

日落、郊区、小路
仿佛一首古典诗词，再三思
新诗的“可能”和“已经”
就像一个天使，经过一棵树；傍晚时
分娩
一道混血的语言

新诗
新诗混血的孩子
混血孩子在天空下，相信命运
新诗是两片缪斯受伤的语言
又相遇……

内心世界——十年祭

"七点多了，我以为你们会早点来。"①
"你看到了什么？"
"我太累了，我想回家……"

这是我最后一次见到你
生命的边境尚未关闭。父亲。

这是最后一辆车，乘它离去需要勇气
这是一道黑暗之光，照亮——神秘的英雄主义，

照亮，你去；你会回来；以为白昼太安静了
唤醒一个缘由。

我们的思绪还困在
床的边缘。仿佛死前再也见不了一面；

所有的思念之情让我轻浮起来，
死亡——反复加重的锚

让我们一再延迟动身。流放在天边的忧伤
徘徊着、哼唱——等待爸爸回来——是第一首歌。

等待我们的爱，又远离爱，
你会原谅天地之间如水的哀求，等待，消息……

清晨，阳光的初始，我懂得
泥土上没有了你，从此。
清晨知道，世界知道
我还有你，你只有
最后的
家庭，神明知道最后的审判，
最后暴风雨之夜，那路人
伸出关爱的手
在远处——最后的玫瑰
开放，死亡的鲜花，
代替宗教代替礼仪代替了纸花
代替无情的距离。沉默代表主。

但天空仍在天空中诞生父亲
让我痛哭吧！……所有可怜女儿
对父爱的依恋，
你咬紧牙关不让我
哭，雨伞轻轻走回了家……

那是很长一段时间我观看，风吹着
一丝微光
在我们头顶上
在这之前不能缔结结论，在这之后缔结了特殊的日子。
十年

为你
你携带纯正的灵魂让我时常把手捂在胸口，叹息着；

我看到生活痛苦，雨变成了拥抱
同情你，每一根往昔的知识链条
旋转无法表达回顾的旧自行车，
留在原地；又仿佛追忆
仍有树枝摇晃到天亮的
活力。

我凄然地回想，
你曾转身问我

“怎么了，你怎么了”
“你看到了什么?”
“没有，没有发生什么事。”
……
所有的事情
你可知道只有一种
夺走了我生命的乐趣。

2015.7.24

①父亲于2005年7月24日7点40分辞世。我没有赶上见他最后一面。只有值夜班的弟弟和早晨赶到的叔叔在他身边。

我父亲的祖先

他们的天气要到外面去。
他们进入无情的古战场。
权力，招来了士兵。
难道活着的不是被拴住的
嘎嘎作响的刀柄
与窸窣的珠袍一起颤抖地说起，
乘坐族谱，那一年，轰然浮现——
随从有几匹黑马和阴影
从此我心里塞满复杂
异样的感觉，多重荆条密集编织的
粗粝——他们越过城池包围的动机
归于一切的骨血，腰带豪气，
咬紧牙关的冥想，才是源头。

他们来自贫瘠的草原没有了躯体但有魂灵
从鞍马形山丘漂泊到杨树边的白楼里
比起蜘蛛每天忙碌编织消息的丝网
我悄悄惦念透明的三套马车和马靴，
负载奶酪、干肉，他们绝不是懦夫。
要是你知道，岁月修葺过楼宇
泥浆翻腾　那褐色足以让我怀想
暮色的城堡，篝火熊熊；

从此，就足够想起剩不了多少
精神的木桩；也想到每餐
剩余的饥馑……
每到落日隐去它的脸
我把天穹当作帐篷，注目礼拜。
星星可能是忽然袭来的诡诈
祖先正和匪帮交战
一声令下一刀刺入颤抖的死亡
为了占有的不仅仅是草原的壮美
我的先祖——希冀的还是，回家吧！
远远地一直居住心灵的故乡。
……
假如没有那一场骚乱
从长白山随龙下山
因击败对手震慑了大地。
那黑纱蒙面的旗手掩饰住他的热望
为我的先人指明道路
他们有可能
被斩首或如成千上万
祈祷上苍的石头遍布旷野，
但是没有。勇士使枪矛死亡。
先祖率领后代如同赶赴葬礼一般
爬一座我不会说出名字的山峰
一直爬到烈马变成了战机
祖先在一个清晨到达原野
说出那蒙面人的名字，以及他不朽
绝望和悲伤的宿命——

告诫祖地已变为一片西伯利亚的白雪①
这是全体族裔深深的悲伤
车夫围拢在他的身边;
雪，从此，就一直下着，
下着:
“伊拉哈拉”、“召沙母巴”②
像一片片白雪的名字，
轻柔的，没有奢望，
却令我无眠!

①父系的祖先，已经有二十几代。最初，这支女真族部落居住在松花江和乌苏里江以北。第二次鸦片战争，清廷落败后，沙俄先后割走黑龙江以北 60 多万平方公里，以及乌苏里江以东 40 万平方公里，其先祖最早的发源地，已悉入沙俄版图。

②“伊拉哈拉”、“召沙母巴”，皆为祖先的姓名。

我们负责

清晨——阳光的诊室里
问诊——狂野的向日葵
哪些花瓣召唤你节奏的
抒情——夜晚——
这纵队飞往雪暴以外的平原

到醒来时——双耳的间隔勾勒出天体的神经
瞳孔之间，两座城市的钟声
声中有诗篇——星唇悄悄惊醒天穹的寂静
大自然放大的粗眉是树枝，朝向东西南北
就沿街奔跑

有人来电——倾诉什么忽然如鲠在喉
有人记录——灵魂有灵骨燃烧前的鲜亮
那些信函——可以用白蜡封存白色的字迹

我们要善后，要负责保管昂贵的感觉
而有人时常来问那思索问题的人，如何
掌管手中的钥匙
为自由而扭曲

你的梦

——给 S

你在梦里面梦着：

凌晨四点
有人砸你的门
清晨五点
你继续做梦

这好比一个人一生的片段；

你独自进入那梦中之梦
你在里面听到
石头被打死了
探照灯——可使得
一切起死回生
于是叫醒你
……
要穿过朝南的梦
建设另一个
更有钱的梦
要穿过朝东的梦
建立黄铜的梦
要穿过一座石头城

既不可能死也
不可能死后复生。

你在梦里继续做梦
一个东方梦一个西方梦
一日不梦，一日不安

道不同

听到你声音，我就伤心
越伤心，越会仔细听
声音诱惑火眼金睛，认出
你是魔还装鬼，装神弄鬼骗不了谁
让我瞎了还听出
无疑，声音是陷阱，坠落
矿井，那些热烈焚毁……
一直从烟囱里头冒出
烟，那些烟
会鼓掌

我听出那寓意刺痛
我的肺；胃部拒绝那
摧毁，你，渴求高大。
要知道，平凡很容易治愈平庸
因为　还有心
肝　脾　胃还不出卖自己；
心，却无能为力，
泪，最好打住
最好情况
就是魔鬼不骗悟空
最坏情况是悟空还被沙僧

念叨紧箍咒，最
平常情况，人人发明自己的
紧箍咒，人人是他人紧箍咒在金箍棒
里，来回舞打，但不用怕——

你我活在那双手凿也凿不开的
命定：灵魂全然地隔绝，彼此岿然不动。

“写诗的方法”

有人将黑板报写成了诗
有人将段子串联成诗
有人将唠叨连句成犹豫诗
有人骂娘骂街骂上帝
有人将笑话小品也写成了，还说——
那样的顺口溜就像词语的过街桥
有人试图从桥上跳下去
将标点符号说成
人类共同的维系的规则必然落下
那其实只是一个小学生最初接触的
手铐。脚镣……惊叹！
我们还拥有
共同的康熙词典，
仓颉，博学，说文
恰好到了我们这代人
只须抽取脑袋里的词汇
搭起脚手架，恰好
可平静地绞死
没有颤抖的诗篇。

新街口[①]

1

新街口，这大都的水脉不远就有
咽喉要塞，寺庙也在街巷附近
妙应塔尽头播散着，柳烟青……
传说天上滑落一街金沙覆盖这里总是
总是沙，颓丧的泥土和
老榆树根处，从这里挖
稀世珍宝，没见玉没见簪但有
门前石兽，朝陌生人熟悉地笑
就回想起：邮局和书店有我今生
不会忘却——旧书气味、画本纸卷被陌生人揉搓
就是不买走。这里有一种满不在乎的底层
气质并不适宜你——
听一个女子痉挛似嚎啕那心空荡如巷子里回荡氛围
——八分之一拍或十六分之一拍
落在邮票上，粉碎价值
我记，记得；这条街上也还有金质钟
月亮银亮圆的肚在那黑皮肤上滚动
子夜落雪后，最后的班车消逝
那灌木树顶重叠着明月和白马头
……

还有梨树拍打雪花狂笑的样子
纵然梨花飘回满袖子那年梦已然逝去
一千次，花园花落在，卖肉还在，那烟囱还在
与威严搏斗的对手，在。冷月对冷梅花还在。凉风
墨迹炙热，孤傲暗藏。茶碗在茶壶
旁边吻着一句祝福话在庙堂里独自
独自徘徊日月回荡盘旋……
这里赋以理想如此天真真挚到癫狂
但只有：无。无情与无穷大无眠无限无尽无不在
一条小路，相遇和那星群骑自行车和黑发和刘海，
就留住了那忧郁和脱俗，要携带
这一街冰冻一瞬间的胶质纯粹去夕阳里翻滚着
不计其数的乌鸦喜鹊在颤音中欢唱
还没有过街天桥日子
我心里有桥[②]，也有岸。

有那些建筑脸的
凹凸不平和苦难
印迹是暗影被缩小
再放大如词语
放大后褪去日常的背景
荒谬如毫毛满大街

大风把陈词吹走吧
扫帚手把滥调车推走吧
都是失神的有信仰者

雨水浇过隔开了一段段空白告白
沉默是和蔼，是那些屋墙
留下凹陷路，心照不宣。
这里距离那潭水[3]也不远
距离一天清晨，我从
地铁上来恍惚从地表升空
去找寻尊严被否定之时濒危的生死界限
于是否定就否定爱肯定就是黑暗
我终于解脱于护城河畔的黎明
我分隔，爱
艺术给予神秘生活
在那道十字线
得失分隔捆绑于中心四方彼此凝望

新街口不记得时间和姓名前往别处
无数的重复如同马牛通往涌血的隧道
烛台、古塔、书包、白猫
蓬蒿和遗骨，你一定全部带上。
我熟悉这条街如复习梦中环路
无尊严无望的都不再属于我
无言如同狂欢裸露着从脚下
上升到眼底就是
你记忆边缘。号角对西山
远，呼唤雨声。和灵魂相遇只须在路口
向前程问此情将醉，西风渐入东方的
路，再问绸缎店已经拆，
失，散，这里像丝绸路

真爱就像真丝绸

……

2

在这里
一个女孩儿的父亲想要骗过她的狐疑
在咖啡店开始谈论：
一个爸爸欺瞒自己的儿子
演奏巴赫 G 弦上的咏叹调
让路人聆听巴赫，很久
只为了贩卖小提琴

爸爸不爱巴赫的新街口
儿子在路灯下在寒风中演奏
人们渐渐围拢这个即将破灭的主题
狂风的节奏把那些爱乐的耳朵扇来扇去
并且塞满灰尘，他们为了
巴赫像黑色树桩
并非装作听懂了

在这里
原地不动，是一种觉悟
巴赫的乐音在天上走
在新街口没住多久
爸爸和儿子心中的巴赫，渐渐

分离——复调的距离

我只是不能停下来回想
音乐中的巴赫
生命中的巴赫
双脚的平均律踟蹰向前
在风雨中也不能停下来
有一种平均律
特别——愁苦

3

以往，坏天气属于这里。
我愿意记忆，另外的街道另外青春的好是知道
每块地砖每扇门扉都记住很好
我不愿新街口离开了年轻
你离开他
你们走，永不回头

好。走入走出站
那车站见证虚无是千秋过后街道还在
那谦虚使这里受到呵护
留下的是秋天孤独血肉与即将
白雪留下脚印相温暖
就似新街口是虚怀若谷之地
新街口放不下它苍茫岁月的
乌云化作皮毛覆盖也爱恋过
总是不否定肯定

总是不肯定消失

如果，重建它曾经血肉之躯

就离开旧，只允许心底律动

……

只须假装最后一次把困难抱起来

不问漫过脚面的水涓涓地来自

深处，倘若是结局。一条街

是这座城市的盲肠最终不过

一只小蚂蚁肩负夏粮告知同伴

这里需要遗忘，并不需要相互打扰的道别

……

2015 年改

①十几年时间我每周下班步行经过这里，也曾居住新街口外的街区。在我写完曾经住过的“和平里”之后，我写这首，语言寻找记忆。在这条长街上我追求过什么？给予、关怀过什么？显然，我会妒忌一只鸟飞过街区……它如此忘我地追求自由。

②与曾经就职单位的名称契合。

③指积水潭。

看武戏

打火机并非打砸抢
他和他又见面了
道具屋里老式钟锤
打着节拍你们的友情
不过是一种平稳的均衡

戏院　打破一劳永逸
票友　打破沙锅
问道，那一场大梦还在吗？
无人知道老问题
是不是保守剧情

老观众声色不惧
向天问神仙
向水问神鬼
武戏争抢，总是无情
打草打出爱恨
草动窜出青蛇
周围打出包围

钻入面具
遮蔽风雨

心气犹如火光通明

打出道路不平
与讨价还价者
打到债务
来日方长

后来者，上台
之后打官司，下台之后
打扮成达官贵人

在剧中打赌：
赢家？败主？
败血，须打精神扑克

打电话不如打麻药
打至删繁就简
香烟灰烬一样袒露出轻飘

留住一生迷惑
唱段还漫漫
入晨曦亮色
入夜唠叨食宿
入梦中颠簸牢骚

荧屏里老戏
拳脚相加

非常武艺
五十里内外
举着旗
竟然以为群众跑到千里之外
还为谋生之计彼此折叠一架
绞肉机械
……好大胆！

学 唱

一月　北海翻唱北风

二月　酒香伴唱花腔已久矣

三月　轻声送暖人生的料峭相遇亦如此

四月　运送楚调，恍然流浪四方

五月　整合境界边唱边舞边种豆

六月　班门弄斧，留住徒弟才欣喜

七月　唱到绝妙，绝对要想象云霄之上有哭泣

八月　玲珑婉转，继续接应八方来客

九月　移山填海，一口气能说多长久

十月　十倍学问唱不出热泪

十一月　白菜萝卜的相遇有定数

十二月　钟鼓齐鸣，燕山记得

雪后腊梅轻盈，此时故园展出儒雅温恭之纯粹。

学　艺

师傅钟情技艺
唱到岁末年终

我说
唱到无话可说

不卑不亢
不耻不问

我唱
词语心碎

趣味是巧妙
师傅是角色
我知天下有高人

声音、色彩不谋而合
兼写唱段
声东击西

师傅说，唱到不求甚解
我愿唱到随俗，唱到

到此为止
从容且不俗

听唱片的人
听出跑龙套
听出高低变一家
听见高处的光芒
倒转为芒刺在背
可谓高深莫测
低落时
低头不见抬头见

我随声附和，随波逐流
但声音不能凝滞于最窄的声腔
只有天真的人爱假唱

老人和孩子

他们还在彼此的心里
选择对手
写出对偶
那老人和孩子
何时相会何处？

飞鸟在枝头
辩证地甄别着
世事循环着往复
为了，日常的慵懒继续
不，是为了，忽然觉悟
“那并非存在的可能”

老马，像往常等在马路边
心路，忽然没有了斑马线
原以为，总可以抵达。

他们，朝相反方向跑去
从一堵墙跑向另一面墙，只有
墙壁里面才有黑暗缝隙
阴凉的嫌隙

才有，他——
不在幽暗的心里
想那些无边无际的神秘
不在黑暗中睡眠
也不知黑暗有边缘

他隐匿在里面
如童年壁橱里观看与聆听
父子是对手伴随树枝上
秃鹫的一声尖叫
就知道，所谓的成长——
天空，正掠过鸟类的疼痛

父母渐渐靠近深冬古树绵延的枝条
老人和孩子扇动起死气沉沉的翅膀。

提克里克咖啡店

——一个虚拟的地点

提克里克咖啡店
飘散出一种味道
也是我惦念的光线

在这里，如同海岸上一条大船裂开了口
灰色不够苦，时钟挂在墙上
偶像的海报快乐得让地板摇晃

迷人的咖啡，染红的头发
日子发掘出命运不寻常

宁静的温度与一场暴雨如何交汇
流出时间的河流包围到这里
红发女孩儿　浮上视频
对远在天边的星星说

“我爱你。真的。”
我望着街对面，暴雨洗刷出大理石的声响
烟雾弥漫，模糊了谁的脸

原来就是深陷的眼睛在我面前
而这个世界，病了

将日子倒入瓶子，那人

是一道流血的记忆隐没
如一口夏季的颤抖
保留一口圆形水井的唇形

在提克里克咖啡店，无限，仅仅是
星星缀满了病语
仅仅是，灯光，沉默了

那人说，“我爱过——窃取时间的盗贼
以水晶酒杯，度量非洲的激情”

杯子的裂纹，显示：
野兽受伤了，尽管懂得掩饰

我们从来也不会谈到
黑咖啡一样如夜的深邃。

鹕　鸟①

鹕鸟破壳轻啼的哭
唤醒萨满老人称为影子的繁衍
神话已无须询问你的血洒向何处
却察觉到孤雌繁殖只言片语
犹如一曲泣血的果决
开启征程

那特殊迷失在大海边
我每一个脚步都在找寻你
我每一次呼吸与你同在
我担心你成为高贵的只言片语
开始失去

我像鹕鸟将阴影钉入墙垣
繁衍光亮层叠深厚
把寓意作为震撼一切亲切的开始

新的诚恳和创意
放大缩小影子世界的轻蔑
而这以后你一定知道
声如旧光如旧只有旧的明白
变异的是一切

时辰持续希望与绝望
就再一次，繁衍鸟的传说就像千般哲理
冲击拦鲨网

代替了一个人
代替了角色
代替声依旧
代替不了
雌性的神鸟
抚养就孵出
片段以及安慰语言的心律

但是代替
代替不了被赐予
无限哭泣的海，隔着时空的
代替了暴风雪里祖先微笑的皱纹
鹋鸟，最终就听见
时光里的传说飞逝归来
忽然风雨交作，命定的
一定比疯狂的证明更久长

2010 年初稿
2015 年改

①萨满神话中有一种大鸟，名字叫鹋。传说中这种鸟只有雌性，它在天空飞翔时，只要阳光把其他雄鸟的影子映在它身上，它就能孵出小鸟，繁衍后代。后来罕王封它为百鸟之妻。现在这种鸟在天空偶尔还可以见到……

在平静的时刻

——缅怀之二

舅舅，你，平静时写过
浴血腥风世界的卷帙
我不愿意碰巧看到
我看的，只可能是
或许没有遗忘

我们还是不懂命运的命名
就是，词语；我还是不去想象
孤独的寒枝上面
还有那孤单身影在挣扎
还有，要记住，怎样遗忘更快！

种子，它们都有存活的理由
无人知道语言会行走
还在迈着白昼门槛，推开了门扉
“石门二路”的书来到梦中责备——
“没有回复来信！”
可我正在信函里变得
苍白，变成神秘的注脚依稀记得：
江水消失的尽头，麋鹿消逝的暗夜
你们一定，在一起。
我嗅闻难以言表的无言。

东方，因为双重消失
照亮，“无限”在致命的蜗居里书写被困的地点，
世纪的泪像喷泉耸立起愁苦
我喝水时感到
您也曾领受过的有限的
平静，就像今天……

2015. 11. 11

字

1

路边打闹的词语发出痴笑
兴许，唯有它们相信噩运
可以转化为笑料供人们礼赞

遇到一些字，那就是房子家人和庇护，
那是绝世才情可接纳的荣耀和满足。

字，奔跑得很快
奔波是一种仪式。
有时撤退，跑完沉睡
脆弱的脊骨弯曲着深陷于冬雪
它们排列起来就是这城市的
一盘棋，棋盘外还有目的地

别以为无烟的烟囱
就不焚烧那些字
别以为春天的鲜草会掩埋
沙沙作响青春不在的眼睛。

犹如士兵记住过命令

有些个夜晚它们躲在
破旧的书包里，倾听
主人口中喃喃背诵出主旨

那些字词穿在一起
穿过肩胛骨
贯穿暴风骤雨，
从每一个路口转折

就转告你啊
你将变为天边的窗户
告诫你没有一个词的
幽禁更糟糕

耐心，更耐心一点吧……
很多很多的字如同你
躲藏起来，不需要地址。

2

也许，那些无名之地略有感知
那些字在屋子里
有过哭泣和哀求
像鼠辈生活在乌烟瘴气里
那些字认出天亮了
只有那些字，[illegible]如[illegible]如筋骨
迈过栅栏跑入人群中
那些字还握着半瓶子酒

那些字上还有女人的唇痕

那些字有黄金蔚蓝玫瑰的
颜色，从胸腔升起演绎想象——

它们承载的消息要与微笑在一起
它们承载悲哀穿越漫长的暗喻

我察觉，在难以形容之地
挖，雪地沟壑，挖那些盛满
同情的字，尖锐和响亮的
音，盛满了……那大地的
乐池，那金色的铜管环绕着弯曲的

序列，那些字有黄金蔚蓝玫瑰的
色调，从胸腔升起，演绎交响——

我们的汉字具备强大的功能，仿佛你不写的那些字，就会到别家串门去……所以，它们是我的家、故乡和国土，也是你的世界。

我从小爱写字，以为书写的样子比较神气。我现在还爱写字，因为那些字，如果现在不写，就再也想不起去写。

中国人有着特别的恋字癖。我们的字，古老、稀世珍宝，我们不停地写，一直到字辞发出回响，宛若大浪淘沙，写出千古风流人物；如今写完汉字，还要写英文，中国人很累，文字之功力愈发变态、分裂与组合，我们的后代也许应该聪慧绝顶，然而，在我心底，我对字的喜爱，还属于相当原生态，握着铅笔，在纸上运行线条横平竖直一撇一捺，加之，点点滴滴接近于慢慢铺展的水墨画。

夏天，事件

——给 G①

你不知道死后
诗神，继续存活那时日。
你不知道
如何撬开
天地之间报应的保险锁。
也不知
若活着，如同那人发誓说过
接近了那临界点
就知道
原本就类似暧昧的神祭，你
为何不打个激灵，暂停
在藻泽或绿海一样的语言中

在悬崖边，要知道
一片一片
海市蜃楼还轮流主宰
一次次的重塑
一片一片无知迷惘的时空也叫收获
……

他们，到来时
你们一起望海，海由千顷波浪组合

是一面流动的蓝色旌旗
难以分离的水域
是一组相遇、一座符号山倒映在内
是思维的经纶，是命定的以为看清楚
又模糊了，不可思议还在扩展
人们还需要海边的——沙粒
涂抹墙的平静，只要用心，就可以
再次碰撞出一曲深海的篇幅

可在你的手里，颇似海风无定力
颇似波涛卷成问号的
海马，钻入岩隙，叫，意外的
消息
……
在阳光普照下的草地平躺着，你
其实用尽一生积蓄的格格不入
进入智力雄辩涛涛的，夏天
记得
你把应得的福气，推向不归之路
还会抢先一步，制造凄然
从一条缝隙滑步向前！
记得
没有离去的他们都坐在那岸上
就是著名的焦虑
他们忧愁的海岸和你犹如远亲
但禀赋与你相隔透明的水气
记住

有人小心替你观看——
海底沉浸的枯石
被镂刻成头颅，海浪
从寂静中卷起它们，凸现了具体
以及你原本已然看见的
喷涌如泉的事件
……

2015 年改

①写一首诗为了曾经与 G 有过一次交谈。

鸟鸣歌剧院

原来，老树上有一个家
白杨托举着庞大的树冠

漂亮华丽延展
我家窗户外面有大都会剧场

女高音飞鸟歌手不愿意道别
没想到早春是一场心血来潮

树木要迁徙，歌手失去住处
也没办法转告好朋友

移动，移不走
空穴之上的高度

傍晚喜鹊一家，比划着宣布
“鸟鸣歌剧院”解散了

可是——
鸟儿还似天空的旧相识

我从一句振聋发聩的锯木声中

辨认，地面掉落着铅灰色羽毛
宛如一幅杰作还未完成

人并不笨，可依然会感受到
人与动物——双重的惊恐。

记住，没有哭泣

反复地后悔莫及，
在他葬礼上没有哭泣；仿佛哭；
不声不响。那定力
摘取了我本要流淌的泪

泪，从一首歌谣里归来
夜，从无心到来
星光说，千句万句须记住
无奈的心只想一件事；
想到一天，他，放心我，
我们的心，更好地去、留，
在一起没有过哭泣
在失去后
只须记忆，懂得花儿
开，慢条斯理。
花，只属于
慷慨给予然后逝去

在一场葬礼上不懂得规矩
在葡萄庭院里不再相遇
在夕阳无限时，不再到来。

门，更多的门，每一扇门都难以释怀
玻璃窗会给我讲一种定律
心海里反射出冷眼
怎么会哭泣！

2015 年改

鼻烟壶

——给一位制作鼻烟壶的先人

你的世代用古典
制作了惊奇，象牙盲目也需要色彩抒情；
我追求晚明就是延续悲伤
感觉到，瓷瓶里面
水，浮雕古老精灵。
物欲长久 被封闭——
里面，和外面的投机者相媾和
唯物主义丧失了冒险风投的收获
那么，就当做内画的手还在画
那一丝丝微妙的
造化：一定是物
具体到尘世是
唯有如此，心，才不死。心创造着

多么微小的神奇

为了琥珀玛瑙和铜
构成声誉在烟壶中
沉吟整顿好魂魄
要知道，这多么好！
以确保祖辈长存
以长久保存

名字把他们关闭于
哑默之中那么
就不必介意外界
评判也无须逃离那出生地

那么，就专横到了多么微小，雕琢出奇迹！

那瓶口密封了永存
正如那些人们守口如瓶
和街上大理石
磨得一样发亮
也无须回收
往昔可供炫耀的尊严
那风格触及遥远的妖巫
如今逃到其中
它们也许被制成
任何赝品

那么，就四处泛滥如此微奢浮华的矫情！

偶感

我们不知
面对音韵画卷，如何
整顿面对的心情

那么多颜色混合其实
是无法
分离，有些画面表明亭台楼阁是否留有
残损？到了这一笔
问，如何问
故乡是何处？

也忘了问族群落脚的北风和春草
也让牛羊陶醉
到了一知半解也会像风沙一样半透明

可到了一定高度
音书诗画就不会向你撒谎

天地人神都知道：
“到了鬼见愁，无人是伴侣”。①

①记忆中的谚语。

黑白地点

记忆、禅意与女人
重复开门
她说，门会跟踪它
耳朵运用噪音
干扰思维

面对断掉的石碑
念诵，也不知失落的在哪里
就在梦里重复着
黑白间隔的
“再一次”

今夜，奇异的世界试图葆有丰饶的物欲

今夜，奇异的世界试图
葆有丰饶的物欲，云雨，繁育

如此之多的惦念——世界尽头
都是一些年轻的妙龄的女子；

今夜，好像被透明的星球
关闭在独特的暗喻里
追寻那断续的轨迹
忽然之间，仿佛神明一眨眼就错过了
轮回的转弯处。

这是一个奇怪的深夜
神人圣人所言均犹言在耳
仿佛金色城堡
上升与下降一道讲诉，只为了——

今夜，无论从哪个方向看
都会渐渐走向那渺远，
又忽然地走近！

也许无关抢红包

你被门帘后的事物
逗开心
我认真躲藏于
猫咪的瞳孔
那怨嗟裹紧羽绒服
喜欢疾行
微风变成巨风
变为轰炸机器一样在头顶
让行走的人们失去崇高感

其实是和特别的冷约会
非常糟糕，没下大雪
那雪松依旧，怀旧
语言爬过校园墙头
这比喻略显夸张
头脑和暗物质
已然开始了
微信

这设想也可让激情感觉压抑

尤其节日

抢红包抢到了
无关你木仓的宝物
暗自庆幸红包没有
悬挂在树枝上
有些感觉，没有过年
被透明的手，掌控着，仿佛
苹果无花果没有醒来
那些荆棘刺都醒来
刹那之间的因果回到了
落满浮尘，落满了幻觉的
旧世界，就怀念

那些年没有消息
蔓越莓和柠檬汁
喜欢口红混淆的
色泽

寂然时想到……

既然
这样感觉就像特别的逝去
各奔东西，忘记惊喜。
在暗夜不小心违背的只是
闯入一个梦的世界，预留后悔，

也满足再见，不再见；满足
特定的无情和日常隐喻；
不满足现状，
冬夜又来，那些人点燃一路雪光，
光，照亮校园里
光，跨越会面：不必惦记那异常寒冷的疲惫

既然
跨越木桥水渠
就会想起了柴狗山鸡。
河鱼眼珠比对珍珠愈加盲目
希望悲痛永远都不要
串联财富；永远彼此区分

既然

秋天带来金色的未知
终要救赎，每片枫叶也寄送出
风中更加猩红的祝福！

既然
睡在太阳后面
也温暖，父亲就在那宇宙
泥土在雨天，很安静。
既然生死如梦，
梦，耸立太久
转而迂回上下求索，

既然不触及问题会减弱感知，
神，一定颤抖地叩响过
本质，魂，葆有那
嘴唇的伤痕。
目光越明亮，梦就越轻易
抵达冒险的国度

既然
作为梦想家，就必然
闪烁晶体的光泽度。去度

仅凭一已之力能达到的境地
既然，那么多的战争与和平
还在延续；结束一天时

面对语言的审判
那玻璃一样的心
必然颤栗地缺席

水，来到了梦里泡茶

水，来到了梦里泡茶
那人睡在白瓷杯子里
遇见粉红字迹
浮上来，“说”：
“很遗憾，这一次不能够见面。”
我想这一定不是那人
我也无从理解白瓷杯和水
白瓷杯为何白
水为何是雨水

有时，感觉我是另一个人：
从那死后的世界，那个魂儿
挑选了一个名字，恰好
是我斜倚在角落
代替他注视

天地有不一样的美感；
而他也许不知，神明却知
他在另一个世界里
仍然赌马　用茶壶插花
用双手攀登午后的山峰

我代替他为这个想法
再泡一袋茶
或者画匹马
我赌那些逝者已然教会了我
识别，何谓“好马”
而且还要从一粒米里看出酒

他来吃晚餐时告知我

“这里没有时间！”
那只白瓷杯子里
将有死后灵魂沉淀的水。

我的手表变快了

我的手表变快了
催促心中的声音调整
月亮来晚了，她和荒凉交往太长久；
无法核对——每一次，疲于奔命

时间变快了，没有时间
返回，早年的那片青草地
记忆在纵深处旋转太久了
脑海里的钟声响彻
无法唤醒　嗜梦人

老式的镶嵌星光的怀表
几百年后掉落的星光
仿佛贿赂你，从这里升起
也就在此，幽灵一样的鱼群
也站起身缓缓地消失

我假想失去这一生的痛苦
终于，又回到了平静
假想失去一点幻灭
我以灵魂祭奠语言高烧的持久

一缕遐思也会找到黄昏的踪迹
我变慢的思念懂得你
不能恢复往日的平庸，我的
时间来自我们的第六感
竟然，没有夜晚？

2015 年改

女马人

看啊，女马人，你，骑着那骄傲母马枣红马儿，
沿着那高速路到来；找寻
我们，你，移动，四处寻找
你从森林部落出来
长久隐匿的女马人；

这就是发明，书写你。
神话显然忘记了聆听，你，愤怒
沉闷过后那刺耳的，响亮的，马的
喷嚏声……

你比传说更容易陶醉于温情
还有美！可是你被忽视、遗忘、蔑视；
那些残忍的人、势利眼本能——是邪恶
而你是专杀邪恶的创世神话，是异端。

“往昔”拴在鞭梢上，词语
正加快敦促：经历过残酷生存训练。目盲
也迈过无用的路障
你用非同一般的形体撞击如神，只留下
阵阵孩童见到了动物大象发情
才有的力——骚乱喧嚣鼻子

奏响瓦格纳气势非凡撞击心的交响

暗蓝乌云溃散的天穹下，母马
漫步溜达找夜晚睡眠住所——不，是家。
你留着马鬃样长发富有光泽呼唤着路人触碰，
一股气焰骑上梦幻，一切都符合
游牧族裔的好坏。习惯不透露姓氏性别

朝向无望前行的身体自由摇摆
片刻的啊震惊了我视线之后复制了复写了
没完没了倾诉“无”既是“有”，相互的致命
牵扯挣扎日月和星星摆脱阴谋、战乱，从
挣脱一切从所谓是非只为了你爱上
活下来，藏匿以往的畏惧；
你，深陷其中。

是他们把腰腹画上
那种斑马纹，非妊娠
线路穿西瓜绿条纹

让你从那一片
原野从一群野马中易于
辨认。爱，正在马腹

假装跑，假装满载着
颠翻了草跑向了峡谷，从陡峭

跌倒的——坠入了日落时，亲吻土壤
那些猫头鹰掌管的绿荫
那些猫头鹰一起亲吻
秋天，喧闹的枫叶流血了
流出　雌雄，绵软故事结局。
山里，山里红酸甜的沉眠

你，马人，女人，仍在这秋凉仍然透过我讲虚无
继续描述你那抽搐寥寥无几似的神秘，
是阴影抬起头，仿佛眼里承接
泪，从天降，
从你忍受人的
琐屑、恶，冷，运动战争
你试图认出你
兽的猛然善良的根深蒂固，就足矣

我颓丧可尊敬的使者，是你，你，弄丢黑夜套索
就活过黑暗夜；歌声，活过墙
幽闭喘息，活过墙外大街，
迷失于街角，你浑身混乱布满
黑马刺黑马靴的刺青每一样
渗出泛滥你被征服过的黑铁；
对于女马人对于
我，一切被掠之境是领土，
我将遇见，你，一盏烛火将熄之时你飞逝，
将想起，家、故乡、国，大地演奏枫叶血
也想起，蓝色围墙后摇晃的

小，与伟大的童年梦。

注：1980年代曾写过散文诗《女马人》，这一次，重回主题并配以画作。

噩梦之光

你以为上帝在午后的咖啡里滴下金色蜜液
嫣红的唇形云朵还会去朝圣
椰肉翻开爽滑的娇躯
危楼自梦境的手肘窝处
揉捏塑形，孜然风味的楼道里螃蟹和壁虎触摸窗户
你挺尸般一直睡到黄昏

活着为了忧伤不朽
就辱没女人继续作恶、以图获救
蓝天布置好新一轮的断头台风景
你脑袋里泛出死鱼眼的白光
钟声，也变得挺虚假

父亲的头颅为葆有水晶天赋而跳楼
祈祷这榜样；母亲赤红的脸上
布满纵身一跃的晚霞沟壑
死亡过后的嫁娶跟随亡灵步入雪色森林
失去光泽的晚景里　那晚熟的
形体渐变干枯、刺目如手边的拐杖

调制原蜜样黏稠的欺瞒
你的鸽子的白羽翼撞出血丝嶙嶙

她温纯、善良等待你营救
你却踏入一款奸诈微小的尖头皮鞋
在钱币高楼你们拥有锈渍的双钥匙链，链接
污水池边你的鹰钩鼻子
嗅闻那鱼苗就要死去的气息已然
死去，怎懂得地面
洒满癫狂污点你听到松鸦在尖叫

女人拽着你，你就懂得越是挣扎就越
把阴影的吸引力搂紧越是
要逃离越要谨慎伺奉
白衣魔女。她三次把你扔进
洞穴，你具有一片狼心才能抓住冰凌摆脱临近的潺潺流水
那水里，有浸泡过罂粟花的心涌出地窖式幽暗的
紫红色，被扔进绞肉机
打烂，鱼脊上站立人影扩张某部位的
极肆虐流程如一幅红版图变频音质死去的
也打碎了脑浆里那蛋清样透明的夜色

愚蠢书里场景就转换为迷宫，疯人
也会惊恐的
她，不过是花粉过敏打喷嚏的疯
男人把名字手表身份交给一双手
让主子打印一张烫金的证件印上古老标识：
“向上、向上！快乐！找钱！”
只有懂得某地区的人才理解这种训诫
那些家族势力欲争夺一块金怀表

餐桌边，臣服的巨臀扭转起来就像
寓所里，管理员的脸，隐身人陆续匍匐
来来回回从前还羞怯如今更加暧昧
有种语言就叫做暧昧抹去黑里透白的胆识
女人的隽永在于调试蜜蜂发情期的黄金戏法
既然每个月上缴全部的银两然后学做哲学家
马蜂也会写字　环绕着秃头的蘑菇飞行
或悬停其上
如今畜生们都贵得很离奇
抚摸那种毒素也有悖常理

看银灰色天际
看在终将死亡的眷顾
用心之血浇灌的荆棘
去绞死那枯眼如井的伪希特勒
并不快乐如此，天边的坟墓拥挤着
以及未出生的胎儿频频闪烁蓝色的喧嚣
那男人如同孔雀开屏的臀眼就绽放些许智障的颤栗
切割与对称的噩梦会惊醒。

字母串联的项链（组诗）

A

飘浮着，你像一只蝴蝶
出其不意赢得了
蜜蜂——这善良
杀手的注视

B

需要关注财政问题前
请先小酌一杯冰咖啡

所有拴住的里面一条
船，有你，你想着自己的事情
第一条江，第二条河，第三是潭水

你不能飞越滟滪堆
你想飞过黑太阳
你不能飞回万古
你可以飞得清高

C

你在路上

闲逛
未来的雇主可能要分析
你脚趾分裂的程度
经常练习一下
有好处

海水与桌子的距离感
幻觉和你的幽默感
成语里面也有
色彩分裂感而声音的
安全感，很安静，除非
梦中的大象
马，牛，飞奔
而来

D

相机
它是沉思的工具
拍出的力道
把你的心变成发光的
剪影：

有一种爱憎很讨厌影子

E

富有同情心的朋友
提供最好的

建议
和明智的
该死的拥抱

而另外的方式
躲开名字的拥抱

F

家居的缪斯罢工了
星期天你觉得
你的画很完美
薄荷的色调和蓝紫色
薰衣草花香，环绕着
继续吧
喝完一杯咖啡
投入那片森林

树绿的渴望
饥渴的土黄色
然后隔过数代让感觉戴上普蓝色的礼貌
去山脚下叙旧

G

请勿打扰
可以刺穿这中国式的
泡沫自满情绪

请勿打扰
骑自行车训练
慈善事业也需要
马拉松意志：中国的无意识
犹如好莱坞的电影节之夜
请勿打扰
摆脱精英的想法
你可能会被
其他人　娱乐

——上帝创造的灰烬也都乐于发出声音

H

怪胎和灵魂收集者
有着惊异的类似

——万物，依赖断续的协调
旋转那黑暗的半球

I

你的梦
沉睡到
正午 12 点
你独自开始
新的一天
收集欢快的音符
你会吹笛子

一路前进
盂兰盆春意盎然

——只有你的脚步和我的心跳节奏一样

我聆听水声里
还有半人半鬼

J

音乐是一种甜蜜的
逃生，在路上
……在路上
永远在路上……

也被钉入
音符——内心连绵重重叠叠的
烙印。

K

你在梦里
越来越忙碌
值得注意的是
每一分钟你都买不起
周围的淤泥——
形式
服从于
内容

值得观望的是
你醒在
一个叫片刻光阴的
境地

传出一个勇者永远不需要拯救的消息

L

想象空气和流水
让自身流转的语调
缓缓地循环

你自言自语的声音
使水变为音符变成美酒

M

白色，是我入神的颜色
树叶习惯性变红了
那是从地下涌出了
勇士的心血

N

这公园里的风也会鸣指
也问过花朵——

“你叫什么名字”

无论高耸的，
还是低垂的……

无论哼着儿歌还是思考恶魔的

O

死亡，是一道斜斜的影子
要爬进门里面
你要谦卑地说
请你暂且等在门外
你的投影是白色的

最终会交给
和平的战争
澎湃的波澜

P

一只鸟和猫在辩论
我为它们翻译
猫问猫话，鸟答鸟语
我的十根指头扭曲着的哑语

犹如纠缠一起的爱恨很激动

Q

想象　呼吸
贯穿

头发到趾尖
放缓
缓缓地回忆

身体是屋子
在这城市里

有时
藏匿起来
像一条荒凉的鱼
只在音符中荡漾

R

那人将成为你
眼里　无声的
谈话者

那是你欺骗自我的金色和银色
事实上
呼吸变为
风暴
浏览器自动更新

那些在你脑海里
翩翩起舞的
讯息，有时可以接触到天穹顶的
只不过是一根猫咪的胡须

不懂得窒息

S

将半生不熟的作品
散落在日常——是一种偷懒

就像无法回收的
酸涩的咖啡豆

在细碎中继续研磨遗憾
这也是一种奢侈

T

如果一生最大的奥秘是
你的钱包

如果不知所措
请召唤内心
一半的教诲
并扣除掉另一半的宁静

让钱包看上去
变为光影——
去移动，造型：

若干年后
你收购过的灵魂的僵尸

都会复活，都会滚动为
太阳的版本
每日更新

U

浓情蜜意加入
略显鲁莽的冒险——
你投入

但是不知道
何时举起时间
何时放下时间

几十年后醒悟：
天空的一抹霞光
缘于你给了梦境
一双手。

V

那些时间的汗珠
残留在花叶浅表层
那些人在花圃的周围
环绕，那些边界
渐渐清晰

他们
就站立

词语身后
你变为不断发光的
面具

他们推动你
进入这个世界
是为了体会
孤独——只源于
无法彻底撤离那
中心

一些高级的狐狸
组织奴隶
回到曾经荒凉的街道

W

迷恋这河湖优雅
这习惯源自于你
有绚丽的平衡潜入深渊

经过一阵雄风后
风看清一堆灰烬也会飞蹿起

也许想念过，而非长存的诗篇
之后，就推翻结论

那是从河里捞起的幻觉又浮现

逐字平稳也渴求过目光安抚

X

让转变开始吧
打火机的能源
能感应风险和琐碎的花瓣

依靠亲密的朋友、陌生人的仁慈
沉默　重新定位

空的空间所创造的将会无用且长久
填满深度记忆
也向晨星
讲述
重温溃散之后有欣喜

以及猛烈地连接到一个灵魂
不做交易
也不轻易忘弃
才能在高度上
感应那被分离的一朵乌云
高高砸下模糊的
影子，再分散给每一条缝隙以砾石

以便表达神秘的无声也是乐音

Y

有时候，戒烟

会诞生奇迹

Z

就留下一些呜呼哀哉的
印迹吧，凹凸不一
就是一个家族深浅不一的
印章，印入那一页页纸张

真实一样的难以取舍
有些骄傲　倾斜微笑
有的倾倒懒散而冷酷
使你忘记：匿影列入沉重的赢取
……
一张白纸似家园
也可以折叠成
纸质的烟囱
以便于你搂抱
或一朵乌云承载语言；
搂紧书籍还原为树
树皮的皱纹
依然微笑着
喘息

逐月（组诗）

童蔚/油画（50×60）

逐月（组诗）

这组诗，将孕育的过程导向梦幻，也借此回溯药典。

——题记

一月

若伤到一月胎，当服“初胎汤”。

一月，初始，觅形未凝。
空气里有梅子味，水与以往不同
传说中的鱼卵沉于心腹
忽上忽下，无话可说

阴阳自有其不朽之处
父母的眼睛从藤叶上一圈一圈旋转凝望我
你，顺势而来
来自一系列细胞的结点
我像烟叶包裹的一粒粽子
嗅觉夸张

这是一月，肝脏里的血液鲜活沸腾
心中若有忧虑，睡眠也须安稳，长久。
热，会气恼；冷会疼痛

宜食大麦，饮食皆腥辛。

二月

若伤到二月胎，当服“艾叶汤”。

这是第二次，至少，赢得和降临。
葡萄和坚果相遇
将来他们也会衰老
蕴意因此沉醉和沉默。

苹果启发我，满树的形状恰似
绿漆描绘的小童床。
神灵自有其韵律，珍惜，也许来自古老庭院的深井。
地面掉落的枯枝，犹如一个家族一长串的断肠缘，

恍惚听见，酒三升，水一半，煮减半；
昏昏然，果花吹散；朦胧退去，天气晴好。

这是二月。魂息游走于丘墟、胆窍、绝骨，
暗红色霞衣，拖曳，面对北风袭来的夸张，
二月的遐思——在细胞里渐渐接近了吻合
甚至，猎人也不愿惊扰小动物。

雨滴活跃在旷野的肺脏
大朵的乌云自东向西缓慢垂落，
灯光熄灭时，晨起的微光会诵经：
“乍暖，乍寒，胎气始凝结，

畏惧长风……”

三月

若伤到了三月胎，当服“茯神汤”。

我必须回想起……

三月的身影无需滑稽的亦步亦趋；
刚柔并济，随后思忖到
一勺川芎就能试出胎儿的心意，
不知雌雄共体松动于何时？

我之后在心里问自己

向日葵的葵盘如此单独却一样环绕
金色，一圈又一圈；
满天的星斗，如此明亮却也抖动
在水面嬉戏，金银串联起图像
蕴含的蕴意串联起所有

我只是对自己说……

察觉到剑在心鞘有一种凄迷，拂袖临风；
或许暗匣里的珍珠一粒，焕发禅意，然后
感觉离奇却也终于习惯了
黄芩、熟艾、阿胶交织的气味
无悲无哀彼此相合；

劳宫、内关、曲泽相联系
我听见心跳轮回；
之前就是之后；
心绪倘若如花瓣，际遇有时神伤

三月，两仪未明。梦幻蝴蝶，睡意略浅

左脚、右脚踏石阶问过痕迹
我们肯定了什么
也否定了什么
凝望树枝摇曳它们的信仰：

乾的枝，
坤的材。
乾的智，
坤的才。

四月[①]

若伤到四月胎，当服“调中汤”。

用我脉象绘制那一条河流
于纸上，来到了早春石坊
只是，不成篇章一句；六腑
已长成。血气的来临，伴随麦冬、大枣、半夏掺和
可它们都知道，局部的遇雨
也是春雨，天上的雨，将是
天，代替嚎啕哭泣

我领悟，一拃温暖忧烦
压迫下，预约星宿
将闪亮，凝望——

调理过关冲、三阳、曲垣，
这穴点潜入未知的
危险，我将要做怎样准备？
看到不浅显，困难环绕
灵魂，膨胀旋转

——其实，我只愿意你一切顺遂

待到了，秋深。暖鱼就在水下取暖
努力旋转。每一点，也就是陈旧、腐朽
恒久为道理，贯通那选择的，雨，水就来了。

四月[②]，至少留有一杯
酣畅的烈酒，笑看
柔，珍惜沉稳；
为意志，青涩的选择更长久，即便更残忍也会
拔刀相助地忘我

①四月胎儿，六腑已然成形。
②艾略特有名句“四月是最残忍的一个月份……”

五月

若伤到五月胎，当服“阿胶汤”①。

犹如大豆和小米
犹如祖母叮嘱过
犹如外婆手臂皱纹细碎
也让五月感受温暖

用抒音的步调去调整自我，欢畅和你
和今生有约会，这俗世不要愧对了来世。
想，一天一句一粒
遇见了罂粟心跳，好似闪耀！

在松鼠眼里跑。有时还会，断，有权解决掉
关闭。可删去念叨。那熄灭了黄昏落日的如今
我望……湖畔船歌。瞻望成形的，
和还未饱满
未来，望那幻觉摆出瑜伽
坐姿的，好像瓶子里；
悠悠上升好像宇航员一样地弹奏着
颤颤抖抖浮力上升，上升，上升

你漂浮，酝酿，风生水起，
五月，有翩然无心如暂住者；
有酿造全新的物种——转基因。

那年一定有：芙蓉树上的
纤细，粉红香气攀升
火与气相遇，
四肢锻炼韧度
无寒凉，无夙醒，朝向天空吸收阳光

无缘无故，也是历史。
你不知的无，已是有。
天体之光
勾勒轮廓，
满目的烟霞迷走神经，五月如此漂泊，又积蓄衡定；
更短暂的，担心更长久。

不止热有缘故
苦亦排列队伍。蓄积而来的
几番生死无法以尺度，你，

怎懂得？

惊动五脏的沉吟始于五月的葵花脸
从此与索与思
与五棵松后的
春风相勾连
胎心总归是无常；反复

若伤到五月胎，取乌鸡割喉，血纳酒中，是一碗药苦。

你漂浮，如梦，如飞鸟入林是暂住；
有人已制造无数——“非人类”。

①药典中记载，乌鸡血须纳入阿胶汤。

六月

若伤及六月胎，当服“柴胡汤”。

这月，考验筋骨的拉伸意识。
路走到一半，劳顿和静处交换肾气
感知：观天象，穹庐的水气巡航危险征兆
木，纹路旺，渐渐浮现
横竖条纹

此时宜于随绿草响声走动
补充体力增加辛味
魔芋和葱姜相遇
不忘记山药
那土豆成熟到脚踝
还没有袜子；我在那些
街巷，遇见过菠萝和菠菜，
也看到梦想的风筝
难掌控，飙升感性的理解

奔跑——马和牛眼睛注视
大门开，奔向四面八方
要清热解渴

……

必要消肿和抗炎思索中医
这样想，朝向一锅黄豆糜粥望去；
虚实、吉凶我怎能够
轻易辨识？

我只认识，线条有短长
呼吸，有方向感
影子，有深浅；
对应无人聆听的耳语
也有宽窄

食不甘美
平凡过度
神明将来
敬请谨记

人群散乱时
我居住空房间炎热掌控孤寒
亦如此；
动，则不安，
热，亦非火，
水面渐渐膨胀如瞳孔的湖泊；
我有安心无法沉溺；
夕阳时，扫尘焚香
肃然凝望
再度散乱时

月亮胀满人气
当空而坐
整顿书几
吟诵，降灵的韵律
一幕幕到来
一幕幕将来

你口目皆成[①]
我们的故事似有意于
智能，适于一项测试：
宜于魂魄；
你拽紧我
闭目遐思，这依偎半圆形的
厮守
这半明半无明的
愁语
于无心于枉然之中消磨
对存在的惊喜，却原来
“不忘你的允诺……”
不仅生津止渴
从此；贯穿你我从脚至头顶。而且。

①胎儿六个月时，常睁开眼睛。

七月

若伤到七月胎，当服“杏仁汤”。

1

七月，四面，合围着好像提篮
便携式行走，时摇而止。
运行气血，动荡成为规律
是局促表演起圣舞（来自舞神传说）
你故意地抡圆了手臂，踹脚，八段锦架势

这三维，悬垂弧形，立体
这平衡，一切置之度外
喂养之妙处于无形的必然
循环每粒细胞，饱了
只是圆中之圆，重叠着
阴阳的光泽

也是那二维的，平面绘制
变万物，诸如关节符号
腰腹漫游，浩然之气也非例外
连带数字都具信仰——写满了头、腰、股，
你的消息：亦称作矩阵，堆叠，达至纵横

七月平面，领悟到时间排列
虚浮的，起始的，无言的
表盘，难以讲述真实稚趣——是心

会煎熬；日三　夜一　我服下
时间的方剂。没心没肺。

2

如在那四维——肝气不舒无饱食无忌讳
如回忆里翻找线索，抬头，眉心不展
如暮春远行，回到冬梦，梦见那些
如凄惨的雏鸡被杀后，记忆用水淋
冰凉地背对彼此，那是不可饶恕罪不可赦
如惊动，曲膝蜷腹，吁请我拎走今生的遗憾；
如瞻望，如烛光典礼，进入眼帘：平静。

我开始向四处搜寻：有一种热
有一种烦　有一种维系
从颈项至腰背（每日　轻揉百遍）
（每日默念：避风　避乱）
我，渐渐背负起——
一座气海深满的，墙。所以。

八月

若伤到八月胎　当服“芍药汤”。

1

最忌讳焦急，问
黄昏遇见多少叹息
问潮润的泥土
是否隐约记得怅惘

足迹踩着前世的世故
自雪，融于水
至八月，寂静，多么短促——

你穿过街巷，走来
绕过沙漠轻声地说绝对
涉水而来，水要浅
匍匐而行不要追翩翩
望远镜无法聚焦的一点
尽是心疼的有缘

玻璃的镜子没有触犯
无法理解的，就不反射；
属于模糊不清的，纵横一片
你也许眩晕，偏听，偏见
覆盖于相互依存的膝盖
在一个鸟形的屋子里上上下下

而已然漫过了芍药生姜和白术
天穹捐献更多的蓝色
适于我编织到腰背酸痛
在脐下，寒栗的光线，我缠绕。

2

有人采摘葡萄，芙蓉花掉落满院子
论胎梦，老人叨念
在水榭边，一千个梦

待产，等待领取；
魂息，逍遥，涡旋
无动于衷还在涟漪的基因

全是，蓝色的先人的魂魄
全是，淡黄的麦田渐变金黄
温暖的族人就是牵扯
每条道路脐带样绵延着小路

八月膨胀的圆，犹如
拉伸旋转于脊柱时，犹如
瓜果在浑圆的石桌上歇息
绕成一个坛，有虚幻的周身
坐在上面，如舟，桨膄理严密
无波，而光润颜色

3

水九升，八月，荷叶布施风韵
水面馨香游走，黑头发恍惚
悬浮，木叶下，我，跪在水边探望
鱼儿，保有最佳体力于幽暗中滑行
上下——潺潺的激流演练沉浮力
一圈，一圈，一圈
为了，每次，每一次无名
为了，憋气，蕴含着那些被迫失去
为了八月讲九个故事其中
有个老伯抱着婴儿衣服在景山公园

整整地走了一天，他的
女儿告知我如何抱憾一度失去的：

“八月之时，九窍皆成”

九月

若伤到九月胎　当服“半夏汤”。

1

行走，到九月，我们依然分秒在一起
人，无路可退时，祈求
那最终的，一切顺遂。
感觉有身影疾速掠过，时常；
听闻，飙升的风被奉作先驱

雨水洗过烟灰，夕阳布施微笑
树上，写满那错误。错在幸运
放生了小鱼苗，一瓢
改正不到开始；错路总是笔直的。

我将为你们去寺庙请符咒
希望，你们正直，以得到神佑
不要让我陷入大忧愁。

2

你超越我的预感存活了
然后，才有了，蜜柚子

剥离出多余部分，你
留下完好过程的全部
意象：隐藏眼睛的窥视

记住我那些日常的累
记住，有两个人痛楚
我独自惭愧，因为血
自动循环对错
于是两个灵魂总是一同迷失到开启

3

麻木的
先左手
然后右手
有问题。
脉象从来不中庸，总遇险，终于
心，被再次误诊，不再犹豫。接纳
祝福，我亲人、未曾谋面的人
生死为重，别无其他。
我好像有两颗心
像濒死前即将置换相似心房的内核

我们和扫描指标一起
你心悸，凌乱的，飞扬节奏
深呼吸，我们在一起，为你
点燃蜡烛以拯救最平常的幸福

我与左邻右舍不一样
我不能弯下腰系紧鞋带
肿胀脚踝上两组线条表明
分离的信仰，像
双重家族里困难地
系紧，我界定
樱桃和石榴不同
桂圆和红枣荔枝更接近
只须一粒核心。更简单，固执。
我在小布衣上画满日和月
我画脊椎曲度，就懂得
女人收集奶白色为了
最初的信心一定来自那饥饿
盐水提炼湖泊湛蓝的恬静
精确到不同信仰可对峙到，灰暗
再昏暗，透出鲜艳
那时辰忽然爆发
……

十月

1

到来之前，风把树推到西窗前
系在枝上叶子，脏腑也齐备，飘然，飘然，飘然
秋深。天穹罩住气息声，湛蓝。

2

到来之前，我不过像条鱼，在珊瑚间

渐渐地漂浮，绿叶肥美，红珊瑚，沉陷
留有一丝担忧，担心满满满满的水
浅了，满罐子碎了秋水无言的问候。

3

到来之前，十个月的水恰好到达井台。
还有情的膏，精神的骨髓，思维毛发的
茂密，得到先人气，十月，沉静地等过
红水漫过了阶台上脚印重叠透明。

4

到来时，树木也会浸出了水气，气息贯通无阻
雷风激荡起赢得我的血气，我的
专注会输掉爱。仅仅是相逢，交错，是日子
仅仅是预感的你，逆行而来

5

到来时，人与瓶的形象移动
可与任何灵感结合。那宽窄，上帝之门
容我通往宅心仁厚，至此
收放得体。遇冷空气久攻
成片云朵攥出那红雨。热情协助
肋，持久地
……

6

到来时，枫树脚，每粒趾头红豆小。

皮肤微黑，再看一下，渐渐亮白，那时
井下面瓶子挂着树枝一路还蹒跚，陶醉。

7

分离。是必然。梨与梨核也有距离。
大口地饮水仿佛立刻消瘦了
互诉过魂牵断肠曲，离，不迟疑
告知那同心的脐，从此绕同心圆从此
双手似佛手，瓜也有脐仿佛从无我中
分离。

8

到来后，忧喜无常。或强或弱学习泣哭是启始。
瑟瑟颤抖得还有节制
继续着流淌红色泪水，
——即便牢固的根蒂，再难，
从此依依遇别情

9

到来后，喜爱夜，漫长清醒，摇晃
暖，双手为我抓亲情。无一例外
轻试一下温凉。男儿也有
这呼吸，微弱的多愁善感；
女人掌管生命馨香和抑扬。
百合和芍药，每日进服。

2011 年-2012 年